廃嫡王子の華麗なる逃亡劇
～手段を選ばない最強クズ魔術師は
自堕落に生きたい～
全属性の魔法を使える
天才王子
ロイド
妻は絶世の美女にして
最強の剣士
リーシャ
マリア

賊？　俺はこの国の王子だ。
この国は俺の物。つまりこの船も俺の物なのだ。
目的のためなら手段を選ばない
ロイドの移動手段は――
ハイジャック!?

ジャック
突如廃嫡、国を追われ、
冒険者としての
暮らしが始まる！

「人の女に手を出そうとして、
生きていられると思ったか？」

haichaku ouji no kareinaru toubougeki

廃嫡王子の華麗なる逃亡劇

～手段を選ばない最強クズ魔術師は自堕落に生きたい～

出雲大吉

ill. ゆのひと

口絵・本文イラスト
ゆのひと

装丁
木村デザイン・ラボ

haichakuouji no
kareinaru toubougeki

プロローグ

『殿下、今、よろしいでしょうか？』

俺が自室で魔法の研究をしていると、部屋の外からメイドの声が聞こえてきた。

「開いている。勝手に入れ」

そう答えると、ガチャリと扉を開く音がした。

「失礼します」

「ああ……」

メイドが入ってきたが、視線を向けず、本を読み続ける。

「また魔法の研究ですか？」

「そうだ」

「ほどほどにしないとまた陛下に苦言を呈されますよ」

この国は魔法よりも武術に重きが置かれる。だから父である国王陛下は魔法ばかりにかまけている俺に対して苦言や小言ばっかりだ。実にうっとうしいと思う。次期王の王太子とはいえ、私生活で何をしようが文句を言われる筋合いはない。

「武術もやっている」

「今日もサボってたじゃないですか」

「体調が優れないだけだ」

「でしたらおやすみください。もう日を跨《また》いでいますよ」

もうそんな時間か。魔法に熱中するといつも時間を忘れてしまうな……まあ、明日は特に用事もなかったはずだし、昼まで寝ればいいだろう。

「こんな時間までご苦労だな」

「殿下が寝てくれないと私も眠れないんですけど……」

「ほう？　眠いか？」

「眠いです」

そうか、そうか。

「実はちょうどいい魔法を開発したぞ。なんと睡眠を取らなくても生きていける画期的な魔法だ」

「何ですか、それ？」

「人は寝ないと生きていけないと言われている。だが、一日は短いだろう？　これを使えば、人生が二倍になったように感じるぞ」

すごい魔法だ。

「そんな魔法があるんですね。ご自分で使われたらいいじゃないですか」

「まだ完成してないんだ。だから手伝ってくれ。特別給金も出すぞ」

「それ、大丈夫なんですか？　以前は食事を摂らなくてもいい魔法とか言って、ひどい目に遭いましたけど……」

腹が減らなくなる魔法だな。腹が減らないだけで栄養が要らないわけではないから倒れちゃった。

「お前もダイエットできたって喜んでいただろ」

「まあ、おかげで痩《や》せることはできましたけど……」

「今回も大丈夫だ。人は寝ないと頭がおかしくなり、そのまま死んでしまうらしいが、それも俺の計算上では問題ない」

多分。

「嫌ですよ！　さっきまだ完成してないって言ったじゃないですか！　人で実験しないでください！」

これが完成したら魔法の研究もさらに捗《はかど》るんだがなー……この国の人間は魔法を信用していないから困る。

「そうか……特別給金をやるのに」

「いりません！　それよりもおやすみになってください。御身に何かあったらどうするんですか」

ちょっと夜更かししただけでどうにかなるわけないだろ。過保護なメイドだ。

「それを言いにわざわざ来たのか？」

「あ、いえ、違いました。リーシャ様より伝言です」

リーシャは俺の婚約者だ。

「何だ？」

「明日は夜空がきれいでしょうね、とのことです」

明日、会いたいわけね……

「わかった。明日の夜は城を抜け出すから適当に誤魔化しておけ」

そう言ってメイドに金貨を投げる。

「かしこまりました。では、おやすみなさいませ」

メイドは金貨を受け取ると、恭しく頭を下げ、退室していった。

「ハァ……寝るか」

本を閉じると、ベッドまで行き、倒れ込む。そして、目を閉じ、薄れゆく意識の中で明日も今日みたいに特に問題も起きず、自堕落に魔法の研究ができる良い日になるといいなと思っていると、あっという間に意識が遠くなっていった。

第一章　廃嫡、逃亡、そして……

「そこまで！　イアンの勝ちとする！」

　王宮内にある訓練場に無慈悲な言葉が響いた。勝ちを宣告した王は客席から俺と俺の異母弟であるイアンを見下ろしている。そして、目の前にいるイアンもまた俺を見下ろしていた。

　俺と対峙《たいじ》していたイアンは無表情なまま俺に剣を向けており、俺の剣は数メートル先に転がっている。この状況を見れば、どちらが勝ち、どちらが負けたのかは誰が見ても明らかである。

　そう、負けたのは俺だ。

「ロイド、これが結果だ。約束通り、お前を廃嫡し、イアンを王太子とする」

　この俺と弟の戦いは次期王を決める戦いだ。寝不足の中、朝早くから呼び出された俺は父である国王陛下から急に王太子の廃嫡を告げられた。しかし、俺が駄々をこねたため、急遽《きゅうきょ》、このような決闘が開かれたのである。

　俺はいきなり呼ばれて廃嫡を告げられ、納得がいかなかったのだ。当たり前である。俺がとんでもなく無能で、弟がとんでもなく有能ならまだ理解もできる。だが、俺も弟もそんなに能力に差はない。しいて言うなら俺が得意なのは魔法であり、弟が得意なのが剣術なくらいだ。それ以外はほぼ変わらない。

「陛下！　もう一度お願い致します！　確かに弟は剣術に優れております！　ですが、私にも魔法があります！　魔法の使用の許可をください！」

なんで魔術師が剣で戦わないといけないのか！　自分で言うのもなんだが、やっぱり勝てるわけがないだろ！

「ならん！　このエーデルタルトでは武術を尊ぶ。エーデルタルトの王は武術に優れていなければならない。何度も言わせるな！」

確かに子供の頃から言われてきた。だが、俺はそうは思わなかった。王が剣術に優れていて何の意味がある？　当たり前だが、こんな偉そうなことを言っている陛下にしても、実際に戦場に出て、剣を振るったことはない。

「納得できません！」

「貴様が納得するかどうかは関係ない」

陛下は興味をなくした目で俺を見ると、客席から立ち上がり、踵《きびす》を返した。

「陛下！」

「くどい！　貴様はミールの地の領主とする」

それはつまり、俺は廃嫡どころか王族ですらなくなるということか……

「陛下っ！」

納得がいかず、再度、父を呼ぶが、父がこちらを振り返ることはなかった。

「兄上……」

弟のイアンは剣を下ろし、憐《あわ》れみを含んだ目で俺を見てきた。

「くっ！」

俺は立ち上がると、落ちている自分の剣を拾い、鞘《さや》に納める。そして、弟を無視し、訓練場を出た。

俺はその後、自室でぼーっとしていたが、夜になると、メイドの目を盗み、王宮を抜け出した。そして、街に出て、誰もいない古い見張り台に登ると、王宮を見下ろす。

「もうすぐであそこともお別れか……」

思わず、声が漏れた。俺はあそこに十八年間も住んでいる。俺の世界はあそこであり、あそこで終わると思っていた。この国の王となり、この国を纏《まと》め、守る。それが王太子である俺に課せられた使命であり、当然、俺もそうするつもりだった。だが、俺は辺境のミールに行かないといけない。それの意味するところは二度とこの地に戻ってこられないということだ。

「ハァ……ミールか……」

ミールは一言で言えば、田舎《いなか》であり、何もない地なのだ。

「きっつ……」

「本当ですわ」

愚痴をこぼしていると、背後から女の声が聞こえた。ゆっくりと振り向くと、白いドレスを着た見目麗しい金髪の若い女性が目を吊《つ》り上がらせ、俺を見ていた。

「なんだ……リーシャか……」

リーシャは公爵令嬢であり、子供の頃から一緒だった幼なじみだ。そして、婚約者でもある。つまり、本来なら次期王妃だった。

「なんだではありませんわ。殿下は何をしておられるのです？」

「見てわからんか？　王宮を見ている」

見ればわかるだろ。

「そうではありません。昼の決闘のことです」

「見ていたのか……陛下は剣術が好きらしい」

「というよりも魔術師がお嫌いなんでしょう。日頃から前線に出ない魔術師を臆病者《おくびょうもの》と蔑《さげす》んでいらっしゃいますからね。ご自分も前線には出たことがないというのに……」

ちなみに、この元次期王妃様は口が悪い。あと、態度も性格も悪い。もちろん、表向きはおしとやかにしているが、俺や同じ貴族学校に通っていた者達はこいつの本性を知っている。

「それが王だろ」

「まあ、そうですね……だからこそ、納得がいかないという殿下の気持ちはわかります。ですが、殿下は殿下でやりようがあったでしょう」

やりよう、か……

「魔法ではなく、剣術に力を入れるべきだったか？」

「いえ、決闘の時にこっそり魔法を使えばよろしかったではありませんか。普段から自分の魔法はすごいと自慢していたでしょう？　あんな決闘のルールなど真面目に守る必要はなかったのです」

ほらね。こいつ、クズだ……

「やろうと思ったが、イアンに勘づかれた」

あいつ、俺が魔法を使おうとしたらわざと距離を取りやがった。あの野郎……！

「ハァ……信用がありませんね」

リーシャがため息をついて呆《あき》れるが、それはお互い様だろう。

「お前、これからどうする気だ？　婚約を破棄したいなら構わんぞ」

性格を置いておけば、こいつの見た目や地位なら良いところに嫁げるだろう。それこそ、まだ婚約者がいないイアンに嫁げば次期王妃に返り咲ける。

「何を言うのです。わたくしは二夫にまみえません。そんなことをするくらいなら死を選びます」

ご立派なことで……婚約段階だからまだ夫じゃないんだがな。

「では、生涯ミールだな」

「ミールかー……」

リーシャはがっくりと肩を落とし、苦虫《にがむし》を噛《か》み潰《つぶ》したような顔をした。めっちゃ嫌そうだ。だが、その気持ちはすごくわかる。それほどまでに辺境の地であるミールには何もないのだ。華やかな王都で生きてきた俺達にはきつい。

「俺についてくる場合はそうなる」

「テロ……クーデター……」

リーシャがとんでもないことをつぶやいている。

「誰が俺についてくる？　陛下やお前がいつも言うようにこの国の人間は武術を尊ぶ。誰が魔術師のクーデターに参加するものか」

魔術師は嫌われているわけではないが、下に見られているのは確かだ。

「ハァ……でしょうね。わたくしも嫌です」

リーシャもエーデルタルトの人間らしく、武術を好んでおり、こいつの剣術は相当なものだ。さすがに城や家では持たないが、街に出る時は常に剣を佩《は》いているし、今だって、左手に剣を持っている。公爵令嬢のくせに……

「大人しくミールの地に行くしかない。俺が好きなのは魔法だ。廃嫡されたとはいえ、生活に困るほどではないだろうし、一生、魔法の研究をしながら生きていくのも悪くない」

うるさいことを言う奴もいないだろうしな。

「ド田舎のミールで？」

「少しの間だけだ。イアンが王になれば、副王にでもしてもらって王都に戻る。あとは国の金で仕事もせずに趣味の魔法の研究に打ち込むよ。何の責任もなく、自堕落に生きる。素晴らしくないか？」

実に楽しい人生だ。

「ハァ……イアン様が認めますかね？」

「明日には俺が廃嫡となり、イアンが新しい王太子になることが正式に発表されるだろう。そこで俺が駄々をこねれば国が二つに割れる可能性がある」

「まあ、お父様は断固抗議するでしょうからね」

リーシャの父であるスミュール公爵はこの国の重鎮だ。娘が王妃になるはずだったのに、それが立ち消えとなってては納得しないだろう。

「だろう？　イアンだって国が割れるのは嫌だろうし、俺だって嫌だわ。俺は廃嫡されようが王族として国を守る責務がある。この偉大なるエーデルタルトを危ぶむようなことは許されない」

俺にだって国を思う気持ちはある。剣の稽古《けいこ》はせずに魔法の研究ばかりをしてきたが、それでも偉大なるエーデルタルトの王に足るべき人物になろうと俺なりの努力や勉強をしてきた。

「そうですか……ご立派なことで。殿下もちゃんと王族らしい考えをお持ちでしたね」

当たり前だ。生まれてからずっと王太子だったんだぞ。

「こうなってしまってはどうにもならん。それが最良だ」

というか、これしか道はない。リーシャが口にしたクーデターなんてもってのほかだ。

「まあ、そうですね。権力だけをもらい、口だけを出す。楽でいいと思います」

「だろー……」

俺とリーシャはおしゃべりをやめると、リーシャが俺の隣に来て、二人で並んで王宮を見下ろす。

一生、好きな魔法の研究をする。それは楽しく、楽な人生だろう。それでも王になりたかったのは俺なりにこの国を守りたかったからだ。そして、もう一つ……

「リーシャ……王妃にしてやれなくてすまない」

ボソッとつぶやくと、そっとリーシャの肩を抱いた。すると、リーシャが身体《からだ》を俺に預けてくる。

「いえ……わたくしこそ、殿下を王にしてあげられなくて申し訳ございません。わたくしの力不足です」

力不足なのは俺だがな……

ふと隣を見ると、リーシャの美しい顔が濡《ぬ》れていた。

「泣くなや……」

「あなたこそ……」

気が付かなかったが俺も泣いていたようだ。

「俺は悔しさだな。魔法が認められなかったことと弟に負けたことへの悔しさ」

そんなに歳が離れているわけではないが、弟に負けるのは傷付く。

「わたくしは王妃になれなかったことですね。そうなるように子供の頃からお父様やお母様にきつく言われてきたのに……」

またもや、俺とリーシャの間に沈黙が流れる。

「弟は立派な王になるだろう」

「まあ、そうかもしれませんね。イアン様は特別優秀というわけではありませんが、人徳がありますす」

なお、俺もリーシャもそんなものはない。俺とリーシャは子供の頃から一緒だったが、逆を言うと、他に友人と呼べる者がほとんどいなかった。ロクに友人のいない俺達は子供の頃からいつも一緒だったし、今夜だって、本来ならこいつの家で二人だけのお茶会をする予定だった。

「……リーシャ、本当に婚約破棄しても構わんぞ？　俺は王にはなれん。しかも、当分はミールだ」

「わたくしは殿下と共に生き、殿下と共に死ぬと誓っております。たとえ、地獄に堕ちようともついてまいります」

リーシャがそう言いながらそっと俺の背中に手を回した。

「そうか……まあ、生活に困るようなことはない。それにイアンになんとかしてもらえばいい……だが、やはり弟に負けるのはむかつくな」

「気持ちはわかります。わたくしもむかつきます」

だよな。

「だから今から良いものを見せてやろう」

そう言って、リーシャから目線を切り、王宮を見た。

「良いもの？　何です？」

「ちょっとしたイタズラというか、腹いせだよ」

「そんなことをするから廃嫡になるんですよ……」

うっさい。

「まあ、これくらいは、な」

「何をしたんです？」

「着火の魔法の護符を王宮に仕掛けた。ほれ、前にお前にもあげただろう」

「ハァ……子供ですか……でも、まあ、奇遇ですね」

ん？　奇遇？

「奇遇ってなんだ？」

「わたくしもあなたにもらった着火の魔法の護符を王宮に仕掛けました」

へー……え!?

「ちょっと待て！　お前は何をしているんだ!?」

「あの程度の火種なら軽いイタズラではありませんか……せいぜい、騒ぎになって寝不足になればいいんですの」

「……どこに仕掛けた？」

「え？　どこって？」

「あの魔法は誘爆するぞ」

一つ一つの火はたいしたことないが、二つ、三つあれば一気に燃え広がる魔法だ。というより、それが本来の使い方であり、一つで使うのは俺が焚火《たきび》なんかで火を熾《おこ》すために改良した魔法なのだ。

「えっと、もちろん、被害が出ないように人の少ないエリンの離宮に──」

リーシャが言いかけた瞬間、王宮が一気に明るくなった。

「あっ……へ？」

火がついた王宮を見たリーシャが呆《ほう》ける。

「本当に奇遇だな。俺もエリンの離宮に仕掛けた」

だって、あそこなら水が多いし、ぼやで済む。

「…………」

「…………」

俺とリーシャは絶対にイタズラでは済まない火をただただ見つめる。すると、カンカンという警鐘の音が街に鳴り響き始めた。

「…………お」

「…………お」

俺とリーシャが同時に口を開く。

「「お、おのれ、王家に仇《あだ》なすテロリストめ‼」」

俺達は同時に剣を抜き、それをお互いに向けた……


俺は太陽が照り付ける中、舗装もされていない道を歩いている。太陽が嫌いになりそうなくらいに暑く、非常に不快だ。部屋の中でぬくぬくと魔法の研究をしていた一昨日が懐かしい。

「暑い……足が痛い……」

横を歩くドレス姿の女がぼやいた。

「俺も暑いわ……足は我慢しろ。だから南に逃げようって言っただろうに」

南へと続く道は舗装もされているし、まだ歩きやすい。

「南はダメよ。だって、追手が来るもの」

王都の南には大きな町がある。逆に俺達が逃げている東には小さな町しかない。

「東も追手は来るだろ」

「東なら来ても少数よ。むしろ、それが狙い。少数なら勝てるわ。それで馬や物資を奪える」

たくましいねー……

王宮に放火した俺達はその場から逃げ出し、王都を出た。だって、あれだけの火だったら間違いなく反逆罪になる。良くても、どっかに幽閉。最悪はこの世とはお別れすることになる。

「最初から馬を奪うべきだったか？」

それだったらもうちょっと楽だったのに……

「そんな余裕はなかったわよ。それにあの状況で馬を奪えば、すぐに追手が来る」

馬を奪わずにこっそり逃げ出したから王宮もまだ調査や原因を探っている段階か……追手はその

後かな。

「それにしても、もうちょっと道を整備すればいいのにな……」

さすがに道が悪すぎる。石造りの舗装にしろとは言わないが、凹凸くらいはなくしてほしい。

「本当ね。これが王都からすぐの道とは思えない。陛下はサボってるわ」

なお、リーシャがお嬢様しゃべりでないのはこれがこいつの素だからだ。というよりも、他の王侯貴族も普通の時は普通にしゃべる。

「これからどうすんだ？　この先にあるゲルクの町に着いてもその先はミラルダ山脈だぞ」

王都から東にあるのはゲルクという小さい町だ。そして、そこが行き止まりである。何故《なぜ》なら、その先には険しい山脈があり、とてもではないが、王子と公爵令嬢が登れるような山ではない。

「わかってるわ。ゲルクで飛空艇に乗りましょう」

飛空艇は空飛ぶ船であり、確かにミラルダ山脈も越えられる。

「他国に逃げるのか？」

「他にないでしょ。この国に逃げ場所はないわ。ほとぼりが冷めるまで他国に逃げましょう」

マジかよ……でも、まあ、それくらいしかないか。

「わかった。だったら水の国ウォルターを目指そう」

「あなたの母方の実家ね」

俺の母親はすでに鬼籍に入っているが、元はウォルターの王家から嫁いできた人だった。俺自身もあそこの王である伯父とは面識があるし、かくまうくらいはしてくれるだろう。あの人、良い人だし。

「そうだ。問題は飛空艇にどうやって乗るかだ」

着の身着のままで逃げてきたし、金はない。そうなると、方法は……

「ハイジャックね！」

本当にこういう時だけ気が合うなー……

「それしかない」

「あなた、飛空艇の操縦はできる？」

「余裕だ。あれはそんなに難しいものじゃない」

飛空艇は魔力を使って動かすものだが、操縦自体は簡単だ。ただ、普通は何人もの魔術師を使って動かすものだから俺一人だとめちゃくちゃ疲れる。とはいえ、縛り首やギロチンよりかはマシである。

「ハァ……王妃から逃亡者かー……」

リーシャがため息をつく。

「嫌なら王都に戻れ。俺のせいにしていいぞ」

今ならまだ、俺が放火し、リーシャは俺を捕まえるために追ったが、逃げられましたで終わる。

「嫌です。わたくしはどんなことがあろうが、あなたと人生を共にします……ハァ」

だったらため息をつくな！　失敗したなーって顔をするな！　絶対に選ぶ相手を間違ったと思っているだろ！

「そう思うなら黙って歩け。愚痴ばっかり言いやがって」

俺だって愚痴を言いたいが、我慢しているんだぞ。

「あなた、魔術師でしょ。空を飛べない？　空飛ぶじゅうたんを出してよ」

じゅうたんなんか持ってるわけないだろ。

「空を飛べないこともないが、飛ぶとしたら俺一人だな。お前は重い」

「重いっ⁉　妻になんてことを⁉」

妻じゃねーし。まだ婚約者だろ。いや、どっちみちダメか……

「そういう意味じゃない。俺一人ならたいした魔力を使わんが、他の人を浮かせるにはめちゃくちゃ魔力を食うんだ」

杖《つえ》とかそういう補助道具があればできるが、今は何も持ってない。

「ふーん、そんなものですか……ところで、殿下。貧弱な魔術師風情の殿下が文句を言わずに歩いてますね」

リーシャがお嬢様しゃべりになった。

「まあな」

でも、貧弱言うな。

「俺一人ならたいした魔力を使わんとおっしゃっていましたが、もしや、妻である私に歩かせて、殿下は微妙に浮いているのでは？」

リーシャがチラッと俺の足元を見る。

「そら、そうだろ。俺は王子様だぞ」

こんな道を歩けるか。

「……………」

リーシャが無言で俺の肩を掴《つか》む。そして、地面に押しつけてきた。

「何をする⁉」

痛いわ、ボケ！

「沈めー！　地に這《は》いつくばれー！　一緒に苦労しろ‼」

「やめろっちゅーに！　不敬であるぞ！」

「うるさいですの！　反逆者のくせに！」

お前もだろ！

「放せってのーーーん？」

リーシャの手を払おうとすると、遥《はる》か後ろに小さな黒い点が見えた。

「どうしたの？」

リーシャが聞いてくる。

「あそこを見ろ。なんか来ているぞ」

来た道の先にある黒い点を指差した。

「追手？」

「早くないか？　ちょっと待ってろ」

そう言うと、目に魔力を込め、視力を上げた。これは遠見の魔法であり、遠くまで見通すことができる。

「あれは……馬車だな」

御者が見えており、間違いなく馬車だ。

「馬車？　では、追手ではないわね」

追手なら騎兵だろう。馬車はない。

「だろうな……」

商人か、移動用の乗合馬車か……どちらにせよ、良いタイミングだな。

「ロイド、剣を借りるわよ」

リーシャはそう言うと、勝手に俺の腰から剣を抜いた。こいつは王都を脱出する際に目立つから剣を捨ててきたのだ。

「御者は殺すなよ」

リーシャが何をするかをわかっているので、当然のように言う。

「わかってるわよ。ついでに金目のものを奪ってゲルクで旅の準備をしたいわ。馬車は商人のものの？」

「んー？　いや、待った。徴発はなしだ」

遠見の魔法で馬車を再度見ると、馬車の上部に十字架の紋章があることに気が付いたのでリーシャを止める。

「ん？　なんで？」

「ありゃ、教会の馬車だ。さすがに教会までは敵に回せない」

ただでさえ、追われているのに教会まで敵に回せば、世界中にある教会の騎士団からも狙われてしまうことになる。

「教会か――……さすがになしね。じゃあ、普通に交渉しましょう」

「お前、金は？」

持っているようには見えないが……

「あるわけないでしょ。自分の剣も何もかも置いて逃げてきたのよ？　というか、お金を取られるの？　教会って困っている人を救ってくれるんじゃないの？」

「どうせ賄賂《わいろ》まみれだろ」

「偏見ねー……私もそう思うけど」

「リーシャ、剣を返せ。ここは俺に任せろ」

「わかった」

リーシャは頷《うなず》くと、持っていた剣を俺の腰にある鞘《さや》に納める。どうでもいいが、人に剣を納められるのって、ちょっと怖い。

俺達は道の端に避《よ》けると、馬車が来るのをその場で待つことにした。しばらく待っていると、馬車が俺達に近づいてくる。そして、俺達の前で止まった。

「御者台から失礼。格好からお貴族様のようにお見受けしますが、このようなところでいかがなされたのです？」

御者が俺達を見下ろしながら聞いてくる。不敬だが、俺達が賊の可能性もあるので降りられないのだろう。俺もさすがにこの状況では気にしない。

「うむ。我らは貴族である。すまんが、ゲルクの町まで乗せてくれんか？　妻が足を痛めたのだ」

嘘は言っていない。

「なるほど……少々、お待ちください」

御者はそう言うと、後ろを振り向き、馬車の小窓を開けた。

「マリア様、聞いておられましたか？」

ん？　マリア？　どこかで聞いたことあるような？

「……ええ、しかし、貴族がこのような場所を歩くとは……」

しかも、この声は……

「マリア？　私よ、私。リーシャ・スミュール様よ」

リーシャも気付いたらしく、馬車に声をかけた。どうでもいいが、自分で様を付けるかね？　こいつ、こういうところがあるよな－……まあ、あまり人のことは言えないけど。

「え⁉」

馬車から驚いたような声がすると、馬車の後ろから修道服を着た黒髪の少女が顔を出し、すぐに降りてきた。少女は小柄であり、身長も高くない。リーシャとは頭一つ分、俺とは二つ分くらい低い。

「リーシャ様ではないですか⁉　何故《なぜ》このような場所に――って、殿下じゃないですか－⁉」

マリアはリーシャに声をかけるが、すぐに俺に気付き、狼狽《ろうばい》した。

……相変わらず、リアクションが大きい奴だな。

この少女はマリア・フランドルと言って、俺とリーシャが通っていた貴族学校の同級生である。

もっとも、マリアは男爵令嬢であり、俺やリーシャと比べて、身分はかなり低い。だが、マリアは回復魔法を得意としており、その実力はあらゆる貴族が揃《そろ》う学校内でもトップクラスだった。だからマリアは卒業後、学校の推薦で教会に入り、シスターとなったのだ。マリアはその実力を高く評価されており、この国では結構有名になっている。一部の庶民は聖女と呼んでいるくらいだ。

「久しぶりだな」

「久しぶりね、マリア」

俺とリーシャはいまだに呆《ほう》けているマリアに声をかけた。

「あわわ……御二人は何をしてらっしゃるんですか⁉　このようなところにいて良いはずがないでしょう！」

当たり前だが、王子や公爵令嬢が外に出ることなんてめったにない。ましてや、護衛なしはありえない。

「ちょっとな。お前、王都にいたのか？」

マリアが王都の放火事件を知っているのかが気になった。

「あ、いえ。昼前に王都に着いたんですけど、何故か入れなかったんです」

俺らのせいだな。

「何かあったの？」

リーシャが白々しい顔で聞く。

「それがよくわからないんです。教会の……ましてや、貧乏男爵の家とはいえ、貴族である私が入れないのはちょっと変なんですが……」

貴族は絶対だ。それはマリアの言う貧乏男爵でも変わらない。

「なるほどね」

リーシャは頷くと、俺に目配せをする。

「いや、そんなことよりもリーシャ様も殿下も何故にこんなところにいるのです⁉　というか、御二人がここにいるのと王都に入れないのは関係しているのでは？」

勘がいいな。

「実はな……いや、その前にさっきも言ったが、馬車に乗せてくれないか？」

追手のこともあるし、動きながらの方が良い。

「妻が足を痛めたの」

リーシャがそう言いながら嬉《うれ》しそうに手を頬に当てる。何が嬉しいのかはさっぱりわからない。

いや、わかるけど、どう考えてもその場しのぎの嘘で言ったってわかるだろうに。

「あ、そうですね。どうぞ、お乗りください」

俺達はマリアに勧められるがまま、馬車に乗り込んだ。

「狭いところで申し訳ありません」

馬車の中は確かに狭かった。しかも、椅子もなく、荷物を運ぶためだけのショボい馬車だ。

「お前、本当に貧乏だな」

「もうちょっと良い馬車を買いなさいよ」

俺とリーシャは馬車の中で文句を言う。とてもではないが、貴族が乗る馬車ではないのだ。

「いやー、途中まではちゃんとした馬車だったんですけどね。道中で車輪が壊れちゃいまして……それで急遽《きゆうきよ》、教会に寄って、違う馬車を借りたんです」

教会ももうちょっと良い馬車を貸してやれよな。マリアだって貴族だぞ。

「急ぎなのか？」

普通は修理を待つだろ。

「はい。実は私、教国に修行に行くことになりまして。それでゲルクの町の飛空艇で教国に行くんです」

教国……教会の総本山じゃん。

「あなた、すごいわね。エリート中のエリートじゃないの」

「えへへ。そうですか？」

マリアが照れたように笑う。

「ぶどう令嬢が出世したなー」

「ホントよね」

「それ、道中で会った同級生達にも言われましたね」

ぶどう令嬢というのは単純にこいつの領地の名産がぶどうだからだ。よく、ワインをおみやげに配っていたため、そういうあだ名が付いた。俺もマリアと聞くと、ぶどうかワインが浮かぶくらいだ。

「頑張れよ。それで俺らがここにいる理由だったたな……」

本題に入ることにした。

「あ、そうです。こんなところで護衛もつけずに何をしてるんですか？」

マリアが聞いてくると、リーシャが俺を見る。俺に任せるということだ。

「お前は王都に寄っていないらしいから知らんかもしれんが、実は昨日、俺が廃嫡になってな……」

正直に言うことにした。

「え⁉　何故です⁉　怪しい黒魔術の研究がバレましたか？」

おい……

「いつも授業をサボってやってましたよね？」

「怪しい黒魔術の研究って何だよ……何もしてねーわ」

確かに授業をサボって魔法の研究はしていたが、そんなにサボってないぞ。たまにだよ、たまに。

「黒魔術なんかせんわ。ほら、陛下って魔法嫌いで剣術大好きだろ？　それで弟が王太子になった」

今思い返してみても納得はできんな。あとイアン、少しは尊敬する兄に花を持たせろよ。

「あー……なるほどー。とはいえ、そんな理由では殿下の御実家が黙っていないのでは？」

普通はそうなる。下手《へた》をすると、内乱だ。

「といっても、ウォルターは遠いだろ」

ウォルターは国をいくつか挟んだ遠方の国だ。文句を言ってきても最悪は無視でいい。

「うーん、イアン様のご実家が動いたんですかねー？」

イアンの母方の実家はこの国で力を持った貴族だ。その圧力もあったと思う。

「かもな。まあ、そういうわけで俺は廃嫡になり、ミールの領主に任じられた。お前の実家よりもひどい」

「ミール……確かにウチより田舎《いなか》ですねー……え？　でも、ミールって北では？　方向が違いますよ？」

さて、嘘をつくか……

「実は俺が廃嫡となったと同時に俺とリーシャの婚約もなくなったわけだ」

「そうなんです？　リーシャ様もミールについていかれるのでは？　貴族の女子は一度決めた相手と添い遂げるものでしょう？」

この国はそういう風習だ。

「ところがだ、なんとウチの弟はリーシャのことが好きだったらしい」

イアン、すまん。でも、俺から王位を奪ったから仕方がないよね。

「そ、そうなんですか⁉」

色恋が好きな女子が食いついた。

「そうなんだ。ほら、リーシャって見た目が良いだろ？」

見た目だけね。絶世の美貌《びぼう》と下水の性格と評判。

「た、確かに！」

マリアがうんうんと頷くと、リーシャが上機嫌に手で髪を払う。

「しかしだ。お前が言った通り、貴族の女子は一度決めた相手と添い遂げるものだ。そして、俺も子供の頃から一緒だったリーシャと添い遂げたい」

別にここに嘘はないんだが、リーシャのドヤ顔を見ていると、ちょっと恥ずかしいな……

「おー！　殿下、かっこいい‼　さすがです！」

だろ？

「だから逃げてきた」

「え？　つまり、愛の逃避行もといい、駆け落ちですか⁉　物語みたいにぃ⁉」

「そう。物語みたいに」

なお、俺はそんな色恋の物語は知らない。興味ないもん。

「ひえー、そんなことがー……ロマンチックですねー。学生時代の御二人からは想像ができません。

怪しい黒魔術師と下水令嬢なのに……」

おい！　下水はその通りだが、怪しいって言うな！　王子様だぞ！

「人は変わるんだよ」

「なるほどー。しかし、駆け落ちしてどうするんです？」

「それだよ。俺達も飛空艇に乗るつもりだ」

「あ、だからゲルクの町なんですね」

マリアが納得する。

「そうそう。だからこのまま乗せてってくれ」

「わ、わかりました！　殿下のご命令とあらば、このマリア・フランドルが力になりましょう！

御二人の愛に永遠あれ！」

うんうん。こいつは相変わらず、田舎者らしく、人を疑うことを知らないな。リーシャを見ろ。

めっちゃ悪そうに微笑《ほほえ》んでいるだろ。さすがは下水令嬢。ちょっと頬が赤いけど……

そんな二人を眺めながらしばらく馬車に揺られていると、ふいに馬車が止まる。

「ん？」

「どうしたのかしら？」

追手じゃないだろうな？

「少々お待ちを……どうしましたか？」

マリアが馬車の中から御者に声をかけた。

「マ、マリア様、けっして馬車から出ないでください！　ハーピーです！」

「ハーピー⁉　なんでそんなものが王都近くに⁉」

ハーピーとは半人半鳥のバケモノで山の近くの村によく出没し、牛などの家畜を攫《さら》っていく害鳥だ。半人とはいえ、微妙に人の姿をしているだけでしゃべることもできない、れっきとしたモンスターである。

「こんな時に面倒ね……ロイド、どうする？　追手のこともあるし、逃げる？」

確かに追手のことを考えると、こんなところで時間を食いたくないが……

「いや、駆除しよう。ハーピーは厄介だし、この辺りの住民のことを考えると、駆除しておいた方が良い」

こいつらは放っておくと、どんどんと数を増やし、被害が大きくなる。駆除は兵士の仕事だが、ここで始末しておいた方が良いだろう。俺は廃嫡されたが、王子であることに変わりはない。国を害する存在は早急に処分しなければならないのだ。

「放っておいてもいい気がするけど、わかったわ……ロイド、剣を貸して」

「剣は貸すが、お前は御者とマリアを守れ」

そう言いながら腰の剣を抜き、リーシャに渡す。

「マリアは守るわ。でも、御者も？」

「誰も馬車を操れんだろ」

俺は馬に乗れるけど、三人も乗れない。

「それもそうね。ハーピーはロイドがやる？」

「空を飛んでいるからな。俺がやろう」

リーシャは剣術に長《た》けているが、空を飛んでいる相手は分が悪いだろう。

「あ、あのー……殿下が戦うんですか？　おやめになった方が……」

マリアが止めてきた。

「他におらん。こういうのは男の役目だ」

俺の雄姿を見ておけ。

「で、殿下って弱いじゃないですかー……」

弱くねーわ。ちょっと武術が不得意なだけ。

「いいから騒ぐなよ。騒ぐとハーピーに狙われるぞ」

そう言うと、マリアが慌てて手で口を塞《ふさ》いだ。

「行くか」

そう言って馬車から降りると、空を見上げる。空には十匹以上のハーピーが馬車の周りを旋回していた。完全に狙われている。

「羽虫がうっとうしいわねー……」

「ひえー……食べられるー！」

リーシャが馬車を降り、マリアが馬車の中から顔だけを出し、上空を見上げていた。すると、一匹のハーピーが旋回をやめると、爪を構えて急降下してくる。

「ぎゃー！　リーシャ様ー！」

うるさいぶどう娘だ……

「バカ正直に突っ込んでくるとは……」

ハーピーに向かって手を掲げると、狙いを定め、魔力を込めた。

「フレイムジャベリン！」

俺の手から炎の槍《やり》が出てくると、向かってくるハーピーに飛んでいく。急降下しているハーピーはこれを躱《かわ》せずに炎の槍が胴体に突き刺さった。すると、一気に燃え上がり、地面に落ちていく。

地面に落ちたハーピーは黒焦げになっており、ピクリとも動かない。

「殿下、すごーい！」

「ふっ」

マリアが褒めると、何故《なぜ》かリーシャが自慢げな顔をした。

「殿下の魔法ってすごいんですねー……で、で、殿下！　ハーピーの動きが変なんですけど！」

マリアが言うように上空のハーピー共は旋回を速め、しかも、あきらかに俺を見ていた。

「数が多ければ勝てると思ったか。国一番の魔術師の力を見せてやろう」

俺はまたもや上空に向かって、手を掲げる。

「落ちろ！」

俺が魔法を使うと、旋回していた上空のハーピー共がすべて落ちてきた。ハーピー共は次々と地面に落ち、うごめいている。そして、何とか飛ぼうとし、翼を羽ばたかせているが、一向に飛ぶことはできない。

「ふん。群れるしか能のない雑魚《ざこ》が」

空を飛ぶ生物は飛行能力が非常に厄介だが、逆を言えば、それを失うと何もすることができない。

「……友人がロクにいない男の僻《ひが》みに聞こえるわね」

「それ、リーシャ様が言います？」

「私にはあなたがいるわ」

「どうも……」

うるせーなー……友情なんか王族にはいらねーんだよ。必要なのは国家に忠誠を誓う臣下と税を納める民《たみ》だ。

「死ね、税金を奪う害鳥め！　フレア！」

手のひらから放たれた赤い塊は地面に這《は》いつくばるハーピー達に向かって飛んでいった。そして、その真ん中付近で一気に爆散し、ハーピー達を燃やし尽くしていく。炎に焼かれたハーピーの群れは燃えながら灰になっていった。

「ひえー……すごい炎です……殿下ってすごいんですねー」

「ホントねー……」

そうだろう、そうだろう。上級魔法だぞ。我ながらこれを杖《つえ》もなしに使えるんだから本当にすごいね。疲労感もすごいけど……

「これをイアンにぶち込んでやったら負けなかったのに」

どんなに剣術に優れていようが、剣士など近づいてくる前に燃やせばいいのだ。

「いや、イアン殿下が死んじゃいますよ」

まあな。さすがに弟を殺すほど落ちぶれてはいない。とはいえ、魔法さえ使えれば、俺は誰にも負けないのだ。

「まあ、過ぎたことはいい……ほら、行くぞ。こんなところで時間を使うわけにはいかん」

終わったことをグチグチ言うのは良くないと思う。だから放火も知らん。

「それもそうですね。出発しましょう」

マリアが馬車に引っ込んだので俺とリーシャも馬車に乗り込むと、出発した。そして、夕方にはゲルクの町に到着したので宿屋の前で降りる。

「ありがとうございました。あなたは王都に戻ってください。でも、この事はくれぐれも内密にお願いしますよ」

マリアはそう言って、御者の手を握った。

「わかってます。では、私はこれで」

御者は馬車の御者台に乗ると、馬を操って帰っていった。少し俺を見る目に怯《おび》えがあったのは気のせいではないと思う。

「あんな純粋な田舎娘も賄賂《わいろ》を使うようになったのねー」

リーシャがマリアと御者のやり取りを見て、感心したように頷《うなず》く。マリアが御者の手を握ったのは金貨を握らせるためだったのだ。そうじゃなきゃ、貴族の女子が男子には触れない。

「田舎の方が賄賂まみれですよ。じゃなきゃ、私みたいなのは王都の貴族学校に通えません」

そういや、男爵令嬢程度のこいつが栄えある王都の貴族学校にいるのは変だな。

「どこも賄賂ねー」

「そういうものですよ。ある種、私が皆さんに配っていたワインだって賄賂です」

そういう意図があったのか……でも、確かにあれがあったから馴染《なじ》めたのかもしれない。

マリアはぶどう令嬢とあだ名され、笑われていたが、皆に好かれていたし、身分や地位で差別されることもなかった。

「あなたも大変ねー」

「いえいえ。おかげさまで教会に入れました。良いところには嫁げませんでしたけどね」

まあ、マリアの親父のフランドル男爵的には良いところに嫁いでほしくて王都の貴族学校に入れたんだろうからな。

「そういう人生もありよ。私なんて……いや、夫の前で愚痴はダメね」

もう全部言ってるわ。

「そ、そんなことよりもお疲れでしょう。中へどうぞ。御二人にとっては貧相かもしれませんが、この町で一番良い宿だそうです」

マリアは不穏な空気を察し、俺達に宿を勧めてきた。俺達はマリアに勧められるまま、宿に入る。

そして、マリアが宿の受付をすると、部屋に案内されたので部屋に入った。

「御二人は外に出ないでください。私は隣の部屋で寝ますが、何かあれば起こしてくれて結構です」

ホント、良い子だわ。

「悪いわね」

「いえいえ、お食事は部屋で食べて構わないそうなので、後で持ってきます。私は空港に行ってチケットを買ってきますので」

「マリア、悪いのだけど……」

リーシャが言いにくそうにマリアを見る。

「わかってます！　私にお任せを！　御二人のチケットも買ってきます！」

ホント、べんり……良い子だわ。

「お願いねー」

「よろしく」

「はい！」

マリアは元気よく返事をすると、部屋から出ていった。

「さて、モンスターに遭遇するなんて不運があったけど、ここまでは上手《うま》くいったわね」

マリアが部屋から出ると、リーシャが真っ黒な顔で笑う。

「そうだな」

「これからどうするの？　このままだと、教国に行っちゃうわよ」

「あそこはマズい。下手《へた》をすると、こっちの情報が伝わり、強制送還もありうる」

教会は世界中の国にあるため、ネットワークが強い。そのため、俺達の放火アンド逃亡がバレる可能性が高い。

「じゃあ、当初の予定通りにハイジャックね。飛空艇に乗ったらジャックして、別のところに行きましょう」

「そうだな」

マリアがいてくれて助かったわ。

「しかし、マリアに悪いわね……せっかく教国で出世だっていうのに」

一応、下水にも友人への罪悪感はあるらしい。

「そうでもない」

「ん？　なんで？　エリートじゃないの」

リーシャが意外そうな顔をする。

「これは死んだ母上から聞いた話だがな、教国での修行には二種類あるらしい」

母方の実家があるウォルターは教国から割かし近いため、情報が入ってきやすいのだ。

「二種類？」

「一つは本当の意味でのエリート。つまり、幹部候補だな。もう一つは使い捨て」

「つ、使い捨てって？」

「そのまんま。ずっと働かせっぱなし」

修行といえば、喜んで働いてくれる。特に夢見る人間は……

「本当？」

「らしいぞ。あとは……まあ、お前は知らなくていい」

女に言うことではない。

「それだけでわかったわ」

まあ、生臭坊主共だもん。

「遠方の国の貧乏男爵の娘はどっちだと思う?」

「使い捨ての奴隷」

奴隷とは言ってないが、まあ、似たようなものだろう。

「お前さ、変だと思わなかったか?」

「あなたにこの話を聞かされて気が付いた。護衛が御者一人っていうのはない」

そう、大出世だというのにマリアには護衛が御者しかいなかった。確かに王都周辺は野盗もモンスターも少ないが、絶対に出ないというわけではない。実際、さっきも出た。それなのに護衛は一人。しかも、男。普通、貴族令嬢には女性をつけるものだ。

「アウトだろ」

どう考えても教国はマリアを重視していない。

「そうね……なんで教えてあげなかったの?」

「言えるわけないだろ」

「それもそうね……あのキラキラした目が怖い」

純粋な子は怖いわ。俺が悪いわけではないのに罪悪感を覚えてしまう。

「マリアは貧乏男爵の子とはいえ、ウチの貴族だ。ゴミとして教国にくれてやるわけにはいかない」

これが本当の出世なら俺も喜んで送り出してやるし、祝福もしよう。だが、奴隷はない。

「どうするの?」

「俺の名で手紙を出し、圧をかけるか……あ、いや、廃嫡されたんだったな。そうなると、ウォルターに行くわけだし、伯父上に頼んで手紙でも出してもらおう」

「何て？」

「変なことをするなよって」

それで十分だろう。

「ロイド、さっきの話を聞く限り、教国はロクなところじゃないわ。そんなところにマリアを行かせる気？」

「変な目に遭わないなら問題ないだろ」

「でも、苦労すると思うわ。ロイド……マリアは男爵令嬢で地位が低いかもしれないけど、貴族よ？　貴族はあなた達王族のために戦うし、忠誠を誓う。それをないがしろにするのはダメ。それにそれほど親しくなかったかもしれないけど、同級生でしょう？」

まあ、そうだけど……

「いや、男爵令嬢にそこまでするか？」

「男子が女子を守らなくてどうするの？　偉大なるエーデルタルト男子でしょ」

うーん、リーシャはマリアしか友達がいないからなー……とはいえ、言っていることはごもっともだ。マリアは偉大なるエーデルタルトの貴族であり、王家に忠誠を誓う者。すなわち、俺の臣下である。それをロクな噂がない教国風情にくれてやるわけにはいかない。

「わかった。マリアを教国に行かせるのを止めよう」

「じゃあ、マリアも連れていく？」

「そうなるな……ウォルターに着いたら伯父上に処遇を頼もう」

この国に帰りたいなら帰してもいいし、マリアが望むならウォルターに仕えてもいい。あいつの回復魔法の実力ならどうとでもなる。

「そうしましょう。マリアには悪いけど、そこまでは付き合ってもらうわ」

「ああ、それよりもハイジャックの計画を練るぞ」

そう言うと、リーシャが顔を近づけてくる。

「そうね。どうするの？」

「確実なのは船に乗り込んだら俺の睡眠魔法で乗員乗客を眠らせて外に出す。それで俺が操縦する」

「魔力は保《も》つ？」

「大丈夫だ」

かなりの魔力を消費しているが、一日寝れば回復するだろう。

「じゃあ、それでいきましょう」

俺とリーシャはその後も細かなハイジャック計画を練っていく。そうしていると、マリアが食事を持って戻ってきた。俺達は話すのをやめ、夕食にする。

「マリア、チケットは買えた？」

夕食を終えると、リーシャがマリアに聞く。

「はい。無事に買えました。でも、道中のハーピーを駆除して正解でしたよ。本来ならハーピーのせいで飛空艇の離陸が見合わせになる予定だったそうです」

「そうなの？」

「ハーピーが飛空艇に群がってくるみたいで、危険らしいんですよ。それでハーピーの駆除待ちだったらしいんですけど、私がハーピーは駆除されたって報告しておきました」

マリアは貧乏男爵の家とはいえ、貴族だからな。貴族が問題ないと言えば、問題ないのだ。

「へー……やっぱり駆除しておいて正解だったわね」

駆除したのは俺だ。お前は放っておいてもいい気がするって言ってただろ。

俺達はその後、三人で昔話に花を咲かせながら話をし、早めに休むことにする。

「あ、あの、殿下、リーシャ様、ここは壁が薄いので気を付けてください」

マリアは顔を赤らめてそう言うと、さっさと隣室に戻っていった。

「どういう意味？」

リーシャが聞いてくる。

「お前、そこの壁を殴ってみろ」

リーシャが首を傾《かし》げながら壁を殴ると、壁の向こうから『痛っ』というマリアの声がした。

「あー……そういう意味。相変わらず、こういう色恋が好きな子ね」

リーシャはようやくわかったようだ。

「魔力を回復させないといけないし、疲れたから寝るぞ」

そう言って、自分のベッドに入る。本当はワインでも飲みながらゆっくりして、昼まで寝ていたいが、さすがにさっさと逃げないといけないので明日は早めに起きる必要があるのだ。

「私も足が痛いわ」

リーシャも自分のベッドに入った。

「やっすいベッドだなー」

「ホントよね」

俺達はわがままを言いつつも疲れたので寝ることにした。


翌日、俺とリーシャは起きると、マリアと共に朝食を食べる。食べ終えると、マリアは部屋に戻り、出発の準備を始めた。俺とリーシャは荷物がなく、準備することがないため、自分達の部屋の窓からそっと外を見る。

「どう？　追手は？」

「気配はないな……まだ調査が終わっていないのか？」

「どちらにせよ、さすがに私とあなたが王都にいないことはバレているでしょ」

そうなると、少なからず捜索隊は出ているはずだ。

「俺達の格好を見た宿の人から町の住民に噂が広がっている可能性が高い。さっさと逃げた方が良いな」

「服や下着を買いたいけど、我慢するわ」

一応、ヨゴレを除去する魔法は使っているが、毎日、風呂《ふろ》に入り、入念なケアをする貴族令嬢にはきついだろう。

「悪いな」

「いえいえ。お互い様でしょう」

まあな。正直、俺も風呂に入りたい。

『――殿下ー！　リーシャ様ー！』

俺達が窓から外を覗《のぞ》いていると、ノックの音と共にマリアの声がした。

「入っていいぞ」

「はい、失礼します……って、何をしてらっしゃるんですか？」

部屋に入ってきたマリアが聞いてくる。

「追手がいないかの確認だ」

窓から外を覗きながら答えた。

「あ、そうでしたね。変装でもした方がよろしいのでは？」

「もう遅いな。ところでマリア、殿下はやめろ。やんごとなき身分なのはバレているだろうが、さすがに殿下はマズい」

王族はマズすぎる。

「し、しかし、殿下に失礼にあたります」

「あたらんから安心しろ。俺は廃嫡されたたし」

そもそも呼び方なんて気にせんわ。

「あ、そうでしたね。では、ロイド様と呼びます……ふふっ、こう呼ぶと、王妃様になった気分になれ――すみません‼」

マリアは上機嫌に笑っていたのだが、俺と同じく、窓の外を覗いていたリーシャがゆっくりマリアの方を振り向くと、急に謝罪した。

「マリア、出発時刻はいつかしら？」

リーシャの声が冷たい。俺でもちょっと怖い。

「も、もうすぐです！　ごめんなさい、ごめんなさい！」

マリアが涙声で謝っている。

「よし、計画を実行しよう」

そう言って、窓から離れる。

「そうね。マリア、空港まで案内しなさい」

「ははっ！」

マリアはこれでもかというくらいに頭を下げた。

宿を出た俺達はマリアと共に空港を目指す。道中、誰ともすれ違うことはなかった。だが、家の中からチラチラと視線を感じていた。皆、貴族が気になるが、怖いから関わりたくはないのだろう。

「あれが空港です」

しばらく歩いていると、町の外の草原に数機の飛空艇が見えてきた。

「あまり大きくないわね」

確かにサイズ的にはどれも小型船程度であり、十人程度しか乗れないだろう。とはいえ、ハイジャックする俺達には好都合である。

「この町にある飛空艇はそんなものですよ。でも、あのサイズでも教国まで行けるんです」

というか、小さい方が魔力の消費が少なくなるから遠くまで飛ばせる。

「俺らの他に客はいないのかね？」

「いないそうですよ。他の便も数人みたいです」

ますます好都合。

「では、行こうか」

俺達は草原まで行くと、飛空艇近くにある受付にチケットを提出した。

「はい、三名様ですね。どうぞあちらにお乗りください。もう少しで出発となります」

俺達は受付の人に言われた飛空艇に乗り込むと、客室に入った。なお、客室といっても一つの大部屋でしかなく、床に絨毯《じゅうたん》が敷いてあるだけだ。正直、ぼろい。

「安っぽいわね」

リーシャが内装を見て、不満を漏らす。

「平民が乗る船ですからね。こんなものだと思いますよ」

当たり前だが、俺達のような王侯貴族が乗る飛空艇は豪華だ。とはいえ、そんなものに乗る金はないし、警備も厳重だからハイジャックなんてできない。

「まあ、贅沢《ぜいたく》を言うつもりはないわ。快適な空の旅を楽しみましょう」

「私、実は飛空艇に乗るのが初めてなんですよねー」

「そうなの？　まあ、特に思うことなんてないわよ。ただ、離陸の瞬間は楽しいわね。そこの窓から外を見てなさいよ」

楽しいかな？　最初は怖かった記憶があるが……

「そうします。飛ぶってどんな感じなんですかね？」

リーシャが勧めると、マリアは窓から外を覗き始めた。

「最初は驚くと思うわ。臆病《おくびょう》なあなたは漏らすかもね」

「おい、こら下水……怖いんじゃん！」

「大丈夫よ。きっと大丈夫」

リーシャが笑顔で頷《うなず》く。

「そんなんだからロクに友達がいないんですよ！」

あれ？　何故《なぜ》か俺にもダメージが来たぞ？

「冗談よ。でも、楽しいのは確かよ。慣れたら鳥になったような気分になれる」

「ホントですー？」

「そもそも飛空艇が落ちることなんかないから安心しなさいよ」

確かに墜落した事例は最近ではゼロだ。

「リーシャ様が乗っていれば大丈夫か……神に愛された下水だし」

神様、汚いな。

「誰が下水よ……ほら、手を繋《つな》いであげるから」

「それはかっこいい殿方に言われたいですー」

「は？」

「すぐそこでキレる……誰も殿下なんて言ってないじゃないですか……」

仲が良いね。

「俺はちょっと甲板を見てくるわ」

二人に手を上げる。

「いってらっしゃい」

「乗組員さんの邪魔をしたらダメですよー」

しにいくんだよ。

俺は客室を出ると、階段を登り、甲板に出る。甲板では数人の男が最後のチェックをしていた。

「お客さん、何か？」

一人の船乗りが俺に近づいてくる。

「チェックしているようだが、飛行に問題はないか？」

「もちろんです。チェックも終わりますので客室にお戻りください。もう間もなく離陸します」

そうか、そうか。問題ないなら良かった。

俺は船乗りを無視し、操舵《そうだ》室に向かう。

「お、お客様？」

舵《かじ》があるところに行くと、魔術師らしき三人の男がいた。

「ん？　お客様、どうされました？」

一人の男が俺に気付く。

「諸君！　この船は今この瞬間より、俺のものとなった！　俺の指示に従い、教国ではなく、ウォルターに向かってもらおう！」

そう言うと、男達がぽかんとした表情を浮かべた。

「お、お客様？　何を？」

「わからん奴らだな。この船は俺がジャックする。痛い目に遭いたくなかったら大人しく俺に従え」

俺を誰だと思っているんだ。

「な、何をふざけたことを！」

「おい、賊だ！　衛兵を呼べ！」

ふざける？　賊？　俺はこの国の王子だ。この国は俺のもの。つまりこの船も俺のものなのだ。

「平民には理解できんか……まあいい」

俺は人差し指を上に向けた。

「スリープ！」

「魔法か！」

「レジストを……」

俺が魔法を使うと、魔術師の男達がレジストをしようとしたらしいが、こいつら程度が俺の魔法を防げるわけもなく、バタバタと倒れていった。面倒だが、一人一人を背負うと、飛空艇の外に並べていく。さらにはレジストすらできなかった他の乗組員も外に出していった。

「よし、これでオッケー」

もうこの飛空艇に乗っているのは俺達だけだ。すなわち、邪魔をする者は誰一人いない。

「さて、では、出航！」

俺は舵を握ると、魔力を流し、飛空艇を操作し始める。すると、飛空艇が宙に浮き出した。多分、客室ではマリアがはしゃいでいることだろう。

「さすがに小さい町だと警備もいなくて、ハイジャックが余裕だなー」

ある程度、飛空艇を浮かすと、操舵室にあった方位磁針や地図を見ながらウォルターを目指し、飛空艇を飛ばす。そのまま飛空艇を操作しながら快適な空の旅を楽しんでいると、結構な時間が経過した。おそらく、もう国境を越え、エーデルタルトからは出たと思われる。このまま何事もなく目的地に着けばいいなーと思っていると、甲板の階段から修道服を着た少女が慌てて出てきた。少女は甲板に出ると、周囲を勢いよく見渡し、俺がいる操舵室を見上げてきた。そして、絶望を感じたかのように顔をゆがめる。

「何をしているんですかー⁉」

マリアは俺に向かって叫ぶと、走って舵を握っている俺のところにやってきた。

「お客様、危険ですので客室にお戻りください」

乗務員のような口調で告げる。

「で、でで、殿下！　ハイジャックって嘘ですよね⁉　王宮を放火なんてしてませんよね⁉」

あー……リーシャが説明したのか。

「マリア、本当だ。愛の逃避行のためには仕方がなかったのだ」

「腹いせでしょうが‼」

まあね。

「しゃーないだろ。あれは事故だ」

「殿下、今からでも遅くないです！　自首しましょう！　これ以上、罪を重ねるのはやめて、罪を償いましょう！　私がついていってあげます！」

お前に付き添われてもねー……

「嫌だわ。もう絶対に後戻りできん」

放火、逃亡、ハイジャック。どう考えても無理。

「殿下ぁー……主よ、この黒魔術師に救いを！」

主の救いなんかいらねーわ。

「まあ、諦《あきら》めな」

そう言うと、マリアがガクッと肩を落とす。なお、リーシャもいつの間にか甲板に出ており、甲板の先で仁王立ちしている。何をやっているのか気にならないでもないが、あいつのやることをいちいち気にしていると、疲れるのでスルーだ。

「あ、あの、ついでにお聞きしますが、私が性奴隷になるって本当です？」

なんだそれ？　あ、教国の話か！　あのバカ、そこまでしゃべったんか……

「教国に良い面もあれば悪い面もあるということだ。まあ、さすがに貴族であるお前が性奴隷になることはないと思うが、似たようなことを要求された可能性はあるかもな」

遠回しに誘う感じ。

「ですかー……」

マリアが本当に落ち込んでいる。ちょっと可哀想だ。

「それでも破格な出世であることは確かだぞ」

「嫌ですよ！　なんで夫以外の男性に身体《からだ》を許さないといけないんですか!?　そんなことをされたら自害ですよ、自害！」

この国は貞操観念がきついからなー。

「だったら病むまでヒールだな」

「それも嫌ですよ！　私はポーションじゃないです！」

そりゃそうだ。

「じゃあ、諦めな。後で実家に送ってやるよ」

「あー……なんでこんなことにぃー……」

「親父さんに良い人を探してもらえ」

「それができたら修道女なんかになってませんよー……食べ物も美味《おい》しくないし」

教会は清貧を謳《うた》っているから質素だもんな。

「俺が王様になってたら妾《めかけ》にしてやるんだがなー」

別にマリアのことは嫌いじゃないし。

「せめて、側室って言ってくださいよー」

と言われても男爵令嬢ではなー……身分的に無理な気がする。

「まあ、ウォルターの伯父上に頼んでもいいし、弟に手紙も出してやるよ」

「……あー、黒王子と下水令嬢なんか助けるんじゃなかった……あ、でも、そうなると、私は教国で……あれ？　詰んでる？」

詰んでるな。可哀想に……

「お前ってそういうところがあるよな」

「どういうところ⁉」

こう、なんかやることなすこと上手《うま》くいかない感じ。

「大丈夫だって。昔、お前にもらった賄賂《わいろ》もあるし、臣下だからな。ちゃんと守ってやる」

実際、あのワインは美味《うま》かったしな。

「なんであなた方ってそんなに楽観的なんです？」

マリアがそう言って、甲板の先で仁王立ちしているリーシャを見た。

「うじうじ悩んでも解決はしないからな」

「ハァ……こうなったらウォルターで出世するか……」

実家に帰る気はないらしい。

「そうしろ。お前の回復魔法ならいける」

「よーし！　出世して良いところに嫁ぐぞー！」

なんでだろう？　こいつが口に出すと、そうなる気がしない。

「そういえば、ウォルターに着いたら殿下はどうされるんです？」

「考えてない。適当に暮らして、陛下が死んだら帰る予定」

陛下はすでに五十歳を超えている。あと二、三十年で死ぬんじゃね？

「すごい不敬ですね」

「あんなのに敬意は払えん。弟に期待。副王くらいにしてもらって悠々自適に暮らしたい」

「へー……うーん、それだったら妾じゃなくて側室になれるかな？」

早速、良いところとやらを探してやがる。

「それはかなりの賭《か》けだぞ」

なれなかったらド田舎《いなか》のミール貴族だ。

「うーん、保留にします。可能性が出てきたらにします」

何様だ、こいつ？

「勝手にしろ。それよりもあそこでいつまでもかっこつけてる下水を連れてこい。今後のことを話す」

あいつ、いつまであそこにいる気だ？

「はーい」

マリアは返事をし、この場を離れると、リーシャのもとに向かう。そして、すぐにリーシャを連れて戻ってきた。

「話は終わった？」

リーシャが聞いてくる。

「ああ、マリアも納得した」

「……納得はしてませんけどね。諦めただけです」

マリアがやさぐれたようにつぶやいた。

「これからどうするの？」

リーシャがマリアを無視して聞いてくる。

「このままウォルターを目指したいが、さすがにハイジャックした飛空艇で空港には入れない。どっかで着陸し、徒歩だな」

「徒歩かー……まあ、仕方がないわね。マリア、所持金は？」

「所持金？　チケットを買ったし、もう金貨が数枚程度です」

貧乏だなー。まあ、俺とリーシャは金貨どころか銅貨もないけど。

「その辺は徴発で何とかしよう」

「ああ……栄えあるエーデルタルトの王子と貴族令嬢が野盗に……」

野盗じゃねーわ。

「ロイド、一度、どこかで降りられない？　さすがに服や装備を整えた方が……ん？」

リーシャが途中でしゃべるのをやめ、上空を見る。

俺も何かが頭の上を通っていった気がしたため、上空を見た。

「今、なんか黒いものが見えなかった？」

リーシャが聞いてくる。

「見えましたね……」

マリアも気付いたらしい。

「んー……」

俺はリーシャの問いに答えずに黒いものが飛んできた右方向を見る。すると、数隻のドクロマークを掲げた飛空艇が見えた。

「――って、嘘だろ！」

「どうしたの……え？」

「はい？　何です、あれ？　エーデルタルトの追手ですかね？」

俺が声を出すと、リーシャとマリアも釣られて右方向にいる数隻の飛空艇を見た。

「追手よりタチが悪いな……あれは空賊だ」

正規の軍隊はまず警告を出す。それをせずに襲ってくるのは空賊だけだ。というかドクロマークが描いてあるし、間違いない。

「空賊⁉　なんでそんな奴らがこんな小船を⁉」

「知るか！　この中によほど運がない奴がいるんだろ！」

俺とリーシャが叫ぶ。

「ごめんなさーい！　それは私ですぅー！」

だろうな……多分。馬車が壊れたのも滅多に出ないハーピーに襲われたのも……

俺とリーシャは憐《あわ》れみを込めた目でマリアを見た。すると、黒い砲弾がこちらに飛んできているのが見えたため、急いで舵《かじ》を切り、方向転換する。

「クッ！」

何とか砲弾は躱《かわ》せたが、急に方向を変えたため、船が大きく揺れた。

「ひえー、殿下、安全運転でお願いしますぅ！」

「言ってる場合か‼」

その後も緊急回避をしながら執拗《しつよう》に追ってくる空賊の砲弾から逃れていく。

「クソッ！　数が多い！」

こんな小船相手に五隻の中型飛空艇が迫ってきていた。

「こっちも砲弾を撃てないの⁉」

好戦的なリーシャが聞いてくる。

「んなもんこんな船には積んでない！」

大砲は重くなるから小さい船には積まない。

「だったら突っ込みなさい！　白兵戦を仕掛けましょう！」

「アホか！　突っ込んだら防御障壁に当たってお陀仏《だぶつ》だわ‼」

飛空艇は船の周りに防御障壁が張ってある。これがないと、甲板に出られないし、そもそも木製の船では上空を吹く風に耐えられないのだ。

「殿下ー！　また砲弾が来ます――キャッ‼」

「クッ！」

「クソッ！」

空賊が撃った砲弾がこの船の防御障壁に当たった。その衝撃が俺達の身体を襲い、体勢が崩れる。

「もうダメだー！　賊に捕まって、辱めを受けるくらいなら！」

マリアがナイフを取り出し、躊躇《ちゅうちょ》なく自分の首に当てる。

「バカぶどう！　諦めるのが早いわよ！」

リーシャがマリアからナイフを取り上げた。

「か、返してください……って、痛っ！」

マリアがリーシャからナイフを取り返そうとしたが、リーシャに頭を叩《たた》かれてしまった。

「あんたは黙ってなさい！　ロイド、逃げ切れる⁉」

「こっちの船の方が速いが、このままだと向こうの砲弾で撃墜される方が早そうだ。良かったな。辱めは受けんぞ」

墜落だ。

「嫌だー！　墜落死は嫌だー‼　私は子供や孫に囲まれてベッドの上で死ぬんだー‼」

俺もそれが良いよ。

「あなたの魔法は⁉」

「使えないことはないが、その場合、防御障壁を維持できない」

いくら俺でも飛空艇の操作と防御障壁で精一杯だ。

「つまり？」

「撃墜は時間の問題」

無念……。

「こらー‼　なんとかしろ、黒王子！　何のための黒魔術だよ‼　私は処女のまま死ぬ気はないぞ‼　子供を産むんだー‼　子孫を残すんだー‼」

うるさい聖女様だよ……。

「マリア、うるさいから黙りなさい！」

「この状況で黙れませんよ！　あっ！　リーシャ様、そこに弓が立てかけてあります！　矢を放って撃沈させてください！」

マリアが言うように弓と矢が飾られている。武器を飾るのは武を尊ぶエーデルタルトでは珍しいことではないのだ。でも、弓って……無理に決まってるだろ。敵の飛空艇までどれだけ距離があると思ってんだ。

「よし！」

リーシャは何を思ったか弓を取ると、矢をつがえ、引いた。そして、砲弾を撃ってきている敵船に向ける。

「いや、無理だろ……」

リーシャは俺の言葉を無視し、矢を放った。すると、矢はとんでもないスピードで飛んでいき、敵船のマストに刺さる。

「へ？　当たった？」

すげー！　バケモノかよ！　というか、お前、剣だけじゃなくて弓も使えるんかい！

「さすがはリーシャ様ですぅー！　まさしく戦女神！」

「外したわよ。上空は風が強いわね……よし、今度こそ！」

リーシャが再び、矢をつがえ、弓を引いて狙う。

「いや、当てるのはすごいが、矢が当たったところでどうしようもないだろ」

リーシャはまたもや俺の言葉を無視し、矢を放った。すると、とんでもないスピードで飛んでいった矢が敵船の大砲の中に入る。

「うん？」

直後、矢が入った大砲が爆発した。そして、火と黒煙を上げながら敵船が落ちていく。

「今度は当たった！　ふっ！　絶世のリーシャ様の矢に当たらぬものはないわ！」

リーシャが手で髪を払ってかっこつけた。

「リーシャ様、すごーい！　よくわかんないけど、撃墜した！」

矢が大砲の筒に入った状態で砲弾を撃ったんだ。それで詰まって爆発したんだろう……。こいつ、マジでバケモノだ。この距離で、しかも、風のある上空で砲台を狙って当てやがった。

「よし、意味がわからんが、もっとやれ！」

もうなんでもいいや。

「任せておいて！　……って、あれ？　矢は？」

リーシャが周囲を見渡す。

「見当たらないですね……」

マリアも探し始めたので俺も周囲を見渡した。

ないな……というか、最初から二本しかなかった気がする。まあ、飾りだし……

「…………」

「…………」

「…………」

俺達が無言になっていると、敵の砲弾が障壁にぶつかり、船が激しく揺れた。

「ぎゃー！　やっぱりダメじゃん！　殿下ー！　どうしましょう⁉」

「ロイド、どうする⁉」

マリアとリーシャが聞いてくる。

「こうなったら着陸するしかない」

「着陸⁉　止まったらそれこそ的《まと》じゃない⁉」

着陸するためには止まらないといけない。普通はそこから降下する。

「スライディング着陸だな」

「いける？」

「それしかない。空賊は地上までは追ってこないし、追ってきても俺達なら返り討ちにできる」

「よし！　白兵戦よ！」

それはないと思う。なんでこんな小船を狙ったかはわからないが、空賊は襲って、降伏させた船から積み荷や女を奪うのがセオリーだ。空賊は船の操作は巧みだが、個人の力が弱いため、着陸した船は危険が大きいから襲わない。

「お前ら、俺に掴《つか》まれ！」

そう言うと、リーシャが俺の上半身に抱きつき、マリアが俺の下半身に抱きついた。

「衝撃に耐えろよ！」

そう言うと、舵を下に向ける。すると、船が下に傾いた。

「ひえー！　落ちてるー！　漏れそー‼」

ホント、うるさい奴……

「白兵戦、白兵戦、白兵戦……」

リーシャはリーシャで怖いし。

「行くぞー！」

俺は地面というか森が見えてくると、飛空艇の操作に回していた魔力を防御障壁に回した。すると、飛空艇に木々が当たり始め、衝撃がどんどんと強くなっていく。そして、とてつもない衝撃が俺達を襲うと、胃の中にあるものが出ていきそうな感覚になり、意識が遠のいていくのがわかった。

「――殿下ー、殿下ー。起きてくださーい」

俺は自分の体を揺すられる感覚で目が覚める。目を開けると、そこには黒髪の少女が心配そうに俺の顔を覗《のぞ》いていた。

「マリアか……」

上半身を起こし、周囲を見ると、木々が倒れたり、木材が散らばったりしている。そして、数十メートル先には煙が出ている小型の飛空艇が見えていた。

「無事に着陸したか……」

「無事でもないですし、墜落ですぅ……」

墜落だったら生きてねーわ。

「痛っ……」

思わず痛みで腕を押さえる。

「まだ動かないでください。ヒールをかけましたが、腕と足が折れてました」

マジかよ……

「痛いのはリーシャが握っていた右腕とお前がしがみついていた右足だな」

お前らのせいじゃね？

「き、気のせいですー。それよりももう一度、ヒールをかけます……ヒール！」

マリアは焦った顔で誤魔化すと、俺に向かって手を掲げ、ヒールを使ってくれる。すると、痛みが徐々に消えていった。

「おー！　さすが聖女様だな」

「えへへ、そうですかー？」

こいつって、謙遜《けんそん》しているようで絶対に否定しないんだよな……

「リーシャはどうした？　船の下か？」

この場には俺とマリアしかいない。

「船の下って死んでるじゃないですか。昔からいつもリーシャ様に悪態をつきますよね。授業中にチラチラとリーシャ様を見ていたくせに……」

「見てないわ」

俺は真面目に……いや、真面目ではなかったかもしれないが、ちゃんとよそ見をしないで授業を受けていた。

「はいはい……」

マリアのにやけ面がムカつく。

「そんなことより、リーシャは？」

「殿下よりも先に起きられたんですが、周囲を見てくるって言って、殿下の剣を奪ってどっかに行きました」

そう言われて、再度、周囲を見渡す。周囲は木しかない。おそらく、ここは森だろう。

「どっかって……どこだよ？」

「さあ？　私は迷っちゃうからやめてくださいって止めたんですけど、殿下にヒールをかけないといけませんでしたし、そうこうしているうちにいなくなっちゃいました」

あいつは団体行動ができないのだろうか？

「ハァ……空賊は？」

「わかりません。何も見えませんし」

マリアが上を見る。木に囲まれたここでは真上しか見えていない。

「飛空艇は森に着地できんし、撒《ま》いたと思っていいな。しかし、なんで襲われたんだろうか？　小型の船なんかを襲ってもどうしようもないだろうに」

下手《へた》をすると、成果よりも砲弾にかかる費用の方が高い。

「さあ？　空賊の考えていることなんかわかりません」

俺もわからん。わからんが、絶対に許さん。今度会ったら絶対に殺してやる！

「とにかく、リーシャが戻ったら森を抜けよう」

「はい。ちなみに、殿下。ここってどこですか？」

「知らんわ」

俺が聞きたい。

「えー……まさかと思いますが、遭難です？」

それしかないだろ。マジでここ、どこだよ？

「知らん。さっさと森を抜けるぞ。とりあえず、使えそうなものを探そう」

「はーい」

俺とマリアはボロボロの船の中を捜索し始めた。

「何かありましたかー？」

マリアが聞いてくる。

「使えそうなものはほとんどないな……」

地図も燃えカスしかないいし、使えるのは方位磁針くらいだろう。

「ですよねー」

元々、ロクな積み荷もなかったし、武器になりそうなものもない。しいて言うなら焚火《たきび》に使えそうな木材はいっぱいある。だが、そんなものは森の中ならたくさんある。

「何がマズいって水も食料もないことだな」

まあ、水は魔法で出せないこともないが、食料はどうしようもない。きっつ……

「ここがどこかもわからないんですよね？」

「ああ。ウォルターに向かっていたからそっち方向だとは思うが、空賊から逃げるのにジグザグで動いてたし、さっぱりわからん」

「殿下、空を飛べませんでしたっけ？　飛んで場所を確認できません？」

「飛べるが、今は完全に魔力が尽きている。墜落……いや、不時着時に防御障壁のために全魔力を使った。だからこの程度で済んだんだよ」

じゃなきゃ、あの高度、スピードで着陸したら即死だ。

「言い直さなくてもあれは墜落ですよ」

いや、着陸だ。

「そろそろ日が暮れそうだし、早めに出発したいんだがなー。リーシャはどこに行ったんだ？」

空賊に追われていた時は昼過ぎだった。まだ日が沈む時間ではないが、暗くなったら動けなくなるし、早めに出発したい。

「さあ？　あの人の考えていることはわかりませんし……ところで、殿下」

「なんだ？」

「殿下、魔力が尽きてるんですよね？」

「そうだな……」

回復には時間がかかる。

「剣もリーシャ様が奪っていった」

「そうだな」

人が骨折して気絶しているのに勝手に奪っていった。

「つまり、ここに残っているのは武器もなく、魔法も使えない魔術師と雑魚《ざこ》ですか？」

マリアはヒーラーだし、身体《からだ》も小さく力も強くない。当然、弱い。俺は魔力が尽き、武器もない。

「……モンスターが出たらマリアを囮《おとり》にして逃げるしかないな」

「何故《なぜ》に⁉　守ってくれるって言ったじゃないですか！」

記憶にないな。不時着時の衝撃のせいかな？

「王族を守れ」

「男子が女子を守るんですよ！　リーシャ様ー！　帰ってきてくださーい！」

マリアが大声で叫ぶ。すると、近くの草むらがガサゴソと動いた。

「あ、戻ってきました！」

マリアは嬉《うれ》しそうに言うが、そうは思えない。何故なら動いている草むらは俺の腰程度しか高さがなく、とても人が出てくる感じではないからだ。

「リーシャ様ー……え？」

嬉しそうな顔をしていたマリアが固まった。何故なら草むらから出てきたのはリーシャには似ても似つかない醜悪な顔をした小鬼だったからだ。

「リーシャ様……？」

マリアは現実逃避をしたようで首を傾《かし》げた。

「どこがリーシャなんだよ。絶世のぜの字もねーわ」

「げ、下水の本性が具現化したのかも……」

ひっど。

「どう見てもゴブリンだろ」

「で、でで、殿下！　お願いします！」

マリアはそう言って俺の後ろに隠れた。

「うーん、勝てるかなー？」

ゴブリンはそんなに強いモンスターではない。とはいえ、魔法も剣もない今の俺が勝てるかはわからない。魔法があれば敵なしの俺でも魔法がなければ、弟に負ける雑魚なのだ。

「いけますって！　最悪は私の回復魔法でどうにかなります！　ケガを怖れずに体当たりです‼　体格差を生かしましょう！　男の子でしょ！」

まあ、ゴブリンと俺では二倍くらいの差があるし、それでどうにかなる気はする。それにマリアが言うように女子を守るのがエーデルタルト男子だ。マリアはリーシャと違って弱いし、この場には俺しかいないのだから俺がやるべきだろう。

俺は覚悟を決めると、腰を落とし、いつでも体当たりできるように構える。ゴブリンはそんな俺達を見て、にやーっと醜悪に笑った。

「ひっ！」

後ろからおびえた声が聞こえたと同時にゴブリンが駆けてきた。

「よし！　って、バカぶどう！　放せ！」

向かってきたゴブリンに体当たりをしようとすると、マリアが恐怖のあまりに俺の服を掴んだのだ。

「ごめんなさーい！」

マリアは謝ると、握っていた服をパッと放した。すると、前のめりの状態で急に解放されたので俺の身体がつんのめった。

「ぎゃー！　殿下がー！」

お前のせいだ！　後で覚えとけ！

俺はそのまま倒れ、四つん這いになって見上げると、目の前にはゴブリンが迫っていた。

クソッ！　こうなったらプリンス頭突きを食らわせてやるぜ！

俺は頭突きをしようと思い、足に力を込めると、急にゴブリンの醜悪な顔が見えなくなった。というよりも、ゴブリンが倒れ、上空にゴブリンの頭が飛んでいたのだ。そして、そんなゴブリンの後ろには綺麗《きれい》な金髪をなびかせた絶世の美女が立っていた。

「リーシャ様ー‼」

マリアが嬉しそうな声をあげる。

「ふっ！　この絶世のリーシャ様に勝てるものはない」

リーシャがかっこつけて剣を振り、血を飛ばした。かっこいいとは思うが、王家の宝剣がゴブリンの血で汚れてしまった。まだ一回も使ったことがないのに……

「ゴブリン程度でよくイキれるな……」

「助けてあげたのにその言い草は何？　というか、そのゴブリン程度にどうしたのよ？　ロイドの敵ではないでしょうに」

いや、お前が剣を奪わなかったらこんなことにはなっていない。

「魔力が尽きているんだよ。お前らを守るために防御障壁に全魔力を使った」

おかげで腕と足が折れたわ。

「そうなの？　まあ、確かに普通は死ぬわよね……ありがと」

リーシャはそう言うと、剣を鞘《さや》に納めた。

「あっ！　殿下ー！　ご無事ですかー⁉」

マリアが慌てて俺の顔を覗《のぞ》き込んでくる。

「お前、体当たりしろって言ったくせになんで服を掴《つか》むんだよ……」

「ご、ごめんなさい！　ヒール！」

マリアは謝り、俺にヒールをかけてきた。

「ハァ……まあいい。それよりもリーシャ、どこに行っていた？」

俺は立ち上がると、リーシャに聞く。

「周辺を探ってた」

「どうだった？」

「森ね」

見ればわかるな……

「モンスターは？」

「ゴブリンを何匹か倒したし、狼もいたわね」

そんなところに俺らを置いていくなっての。

「道のようなものはなかったか？」

「ないわね。ここどこよ？」

知らん！

「手がかりはなしか……どうする？　動くか、俺の魔力が回復するまで待つか……」

「動きましょう。動いていても魔力は回復するでしょうし、じっとしてても救援なんかは来ないわ。だったら動くべき」

俺も同意見だ。

「マリア、あっちとこっちだったらどっちがいい？」

マリアにボロボロの飛空艇がある方向と逆の方向を順に指差しながら聞く。

「え？　あっちですかねー？」

マリアが飛空艇の方を指差した。

「じゃあ、こっちね」

「だな」

俺とリーシャはマリアが指差した方向とは逆の方向に向かって歩き出した。

「なんでぇー⁉」

そりゃねー……

第二章　王子様、冒険者へ転職する

俺達は森の中を歩き始めた。先頭が剣を持ったリーシャであり、その後ろを俺とマリアが並んで歩いている。

「森の中って目印がないし、同じところをぐるぐる回るって聞いたことがあるんだけど、大丈夫かしら？」

先頭のリーシャが聞いてくる。

「大丈夫。一応、方位磁針は持ってきたからな。そういうことはない」

俺達は北に向かって歩いている。この先に何があるかは知らないが、不運のマリアが選択した南よりかはマシだろう。

「空を飛べるようになるまで魔力が回復するのはどのくらい？」

「魔法を一切、使わなければ数時間程度だ。だが、水なんかも必要だし、保温の魔法もいるだろうから半日はくれ。我慢できるなら数時間だな」

俺は寒いのが苦手だから保温の魔法がいると思う。なお、暑いのも苦手。

「無理ね」

「無理ですー」

残念なことに俺達は温室育ちの王侯貴族なのだ。我慢なんかできない。ましてや、俺達は着の身着のままで来ているため、防寒着なんかない。とてもではないが、保温の魔法がないと夜を越せないだろう。

「リーシャ、動物かなんかを見つけたら確実に殺せ。飯がないぞ」

「そうね……ちなみに、この中で調理できる人はいる？」

「…………………」

「……………………」

リーシャが聞いてくるが、王侯貴族である俺達にそんなことができるわけがない。

「焼けばいいだろ。お腹《なか》を壊しても回復魔法が使えるマリアがいるから何とかなる」

「ハァ……一昨日から波乱万丈になったわねー」

「冒険だよ。とても貴重な体験だ」

あのまま王位についていたら絶対に経験できなかっただろう。まあ、別にしたくもないんだけどな。

「そうね……二人共、下がりなさい！　またゴブリンよ！」

俺とマリアはリーシャに言われて、少し距離を取った。すると、リーシャが一気に踏み込み、出てきたゴブリンを一刀両断する。

「ふっ！　この絶世のリーシャ様に勝てるものはない」

ゴブリンを瞬殺したリーシャがまたしてもかっこつける。もしかしたらあれは決めゼリフなのかもしれない。

「リーシャ様は本当にすごいですねー」

マリアがリーシャを褒める。

「私は剣には自信があるからね」

実際、こいつの剣はすごい。何故、公爵令嬢がそんなに剣術が得意なのかは知らないが、本当にすごい。

「リーシャ、かっこつけるのはいいいし、かっこいいとは思うが、飛ばすなよ。お前が潰《つぶ》れたら終わる」

「わかってるわよ。マリアも無駄にヒールはしないで。魔力を温存してちょうだい」

正直、前を歩くリーシャは枝が引っかかり、あちこちに傷ができているし、ドレスも悲惨なことになり始めている。

「はい」

マリアは心配そうにしているが、服が悲惨になり始めているのは俺達も一緒だ。さっさと森を出て、どっかの町に行かないといけない。

俺達はその後も歩き続けたが、次第に辺りが暗くなってきた。

「さすがに夜は動けないわよね？」

「ライトの魔法を使ってもいいが、魔力温存の観点から見ると、休んだ方が良い。夜のモンスターも怖いしな」

いないとは思うが、ゾンビや夜行性の強敵が現れるのが怖い。

「どこかで休みましょう」

「あのー、ご飯は……？」

マリアがおずおずと聞いてくる。

「寝床を見つけるまでに見つからなかったら抜きだな」

「そんなぁー……嫌なダイエットです……」

俺だって、ダイエットなんかしたくないが、ないものはないのだから仕方がない。

俺達はその後も歩き続けるが、遭遇するのはゴブリンばっかりだ。さすがにゴブリンは食べたくない。というか、食べられるのかね？

「お腹が空《す》いてきましたー……」

「俺もだよ」

腹が減ってる状態で歩くのはかなりきつい。何でこんな目に遭わないといけないのか？　絶対にあの空賊共のせいだ。火刑に処してやる。

「貧乏貴族とはいえ、餓えるほどじゃなかったですよ。きついです」

「そりゃなー……」

空腹を感じなくなるダイエット魔法があるが、あれを使うと無茶をして倒れそうだ。こんな森で倒れるわけにいかないし、使わない方がいいだろう。

「……二人共、狼でいい？」

俺とマリアが愚痴っていると、リーシャが聞いてくる。

リーシャにそう聞かれて、前を向くと、リーシャの前には狼が牙《きば》をむいて、立ちはだかっていた。

「お、狼です！」

マリアがビビって、俺の背中に隠れる。

「一撃で仕留めろ。絶対に逃がすなよ」

「わかってるわ。この絶世の――ええい！」

リーシャがかっこいいセリフを言おうとしていると、狼がリーシャに飛びかかった。まあ、畜生が待ってくれるとは思えないので仕方がない。とはいえ、リーシャは飛びかかってきた狼を剣で突き刺し、一撃で仕留めた。

「よし！　晩御飯！」

リーシャは倒した狼から剣を抜くと、尻尾《しっぽ》を掴んで、狼を引きずりながら歩き出す。

「なんてたくましい人なんでしょう！」

「ホントな」

あれが次期王妃様だった公爵令嬢の姿だ。

俺とマリアはたくましい絶世のリーシャを追って、歩き出した。再び歩いていると、どんどんと辺りが暗くなっていく。

「限界だな……そろそろ野宿にしよう」

これ以上は無理だ。腹減ったし、足が痛い。男の俺ですらこうなのだから、リーシャとマリアはもっときついだろう。

「そうね……あそこに洞窟《どうくつ》があるわよ」

リーシャに言われて岩山を見ると、確かに穴があった。

「ちょうどいい。あそこを寝床にしようぜ」

俺達は洞窟の前まで行くと、枯れ木を集め、俺の火魔法で焚火《たきび》を作り、腰を下ろした。

「疲れましたー……」

「さすがにね」

「だなー」

俺達は焚火を囲みながら一息つく。

「ところで、この狼さんはどうやって食べるんです？　誰も調理できないんですよね？」

マリアが近くに転がっている狼を見ながら聞いてくる。

「とりあえず、適当に切って、枝を刺して、焼けばいいでしょう」

「それしかないわな」

それ以外知らないし。

「わ、私はできませんよ」

「期待してない」

ホント、ホント。

「俺がやる。リーシャ、剣を貸せ」

というか、返せ。

「はい。この剣、すごいわね」

リーシャはそう言って、剣を渡してくる。

「そりゃ、王家の宝剣だからな」

そう答えながら狼を切っていく。

「そんな宝剣が包丁代わり……」

他にないんだから仕方がない。

俺は獣の解体なんかしたことはないが、適当に狼を捌《さば》いていき、肉を枝に刺し、リーシャに渡していく。リーシャは受け取った肉を焚火で炙《あぶ》っていった。

「味付けなんかないですよね？」

「あるわけないでしょ。その辺の草と一緒に食べたら？　香草焼きになるかもしれないわよ？」

「どれが香草かわかんないです……私、役立たずですみません。田舎者《いなかもの》のくせに何も知らなくてすみません」

マリアがしょんぼりし、俯《うつむ》く。まあ、いくら自然いっぱいの田舎で育ったとはいえ、貴族令嬢であるマリアが詳しいわけがない。

「何を言ってんだ。お前が一番活躍するだろ。お腹を壊したらヒールな」

そもそも狼って食えるのか？　食べたことがないぞ。

「寝る前にキュアをかけますね。それでお腹を壊すことはないと思います」

マリアがいてくれて良かったわー。俺とリーシャだけだったら食中毒で死んでたかもしれんな。

「ねえ？　こんなもんかな？」

リーシャが焼いた肉を見せてくる。

「わからん……わからんから念入りに焼いておけ。味付けもないし、楽しむより、腹が膨れることを目的にしよう」

「それもそうね」

リーシャが再度、肉を炙り始めた。

「たくましい王子と公爵令嬢だなぁ……」

俺達は肉を十分に焼き終えると、頬張っていく。

「硬いわね……」

「臭いな……」

「美味《おい》しくないですぅ……」

うーん、味付けがないにしても不味《まず》い。

「この前食べたテリーヌが懐かしいわ」

「俺も鴨肉のローストが懐かしい」

美味しかったなー……

「豪勢ですねー。私はパンと豆のスープだけでした」

教会は清貧だからな。それにしてももっと良いものを食わせてやれよ。

「不味いが食えないことはない。我慢してさっさと森を抜けよう。町や集落があればもっとまともなものが食えるだろ」

「それもそうね」

「お金がないのでは？　いえ、徴発という名の略奪をするんでしたね……」

そういう案もないわけではないが、外国だし、それは最終手段だろう。さすがに他国ではなるべく問題を起こしたくない。

「これを食べたら休みましょうか。そして、朝早くに起きて出発しましょう」

「そうだな」

疲れたし、起きてても やることがないため、早めに寝た方が良い。

「あのー、そこの洞窟というか、穴で寝るんですか？」

マリアが奥が見えない洞窟を見る。

「外よりかはマシだろ」

「殿下と同衾《どうきん》かー……」

貞操観念がガチガチすぎなのも考えものだな。

「同衾ではないだろ。野宿だぞ」

「まあ、そうですよねー……ああ、経歴に傷がつく」

ホント、めんどくさいわ。最初にこんな風習を考えたのは誰だよ。

「軍だって、こんなことはあるが、経歴に傷はつかんから安心しろ。最悪はリーシャに保証してもらえ」

「なるほど。じゃあ、我慢します。私だけ外は嫌ですしね」

「どうせ良いところに嫁げないマリアはどうでもいいけど、見張りはどうする？」

リーシャが聞いてくるが、マリアがへこんだ。

「そこそこ魔力も戻ったし、気配を消す魔法をかけよう。俺らが見張りをできるとは思えん」

多分、途中で寝る。疲れたから眠いし。

「それもそうね。正直、誰が見張りをしても信用できないし、結局寝られそうにないわ。だったら腹をくくって、皆で寝ましょう」

まあ、そうなるな。マリアに任せてくださいって言われても、一切、信用できない。何度も言うが、俺らは温室育ちの王侯貴族様なのだ。

「そうだな。ハァ……腹も膨れたし、寝るか……」

俺達は焚火を消し、洞窟に入ると、身体《からだ》を横にする。

「日に日に寝床が悪くなるわね。昨日はぼろ宿で今日は地面」

お嬢様のリーシャがぶつくさと文句を言う。

「しゃーないだろ。これ以上は下がないと思おう」

俺だって嫌だが、女子二人の手前、愚痴を言わないように我慢しているのだ。

「私、さすがに地面で寝たことはないわ。枕もないし」

俺もないわ。

「我慢しろ」

「ロイド、腕枕してよ」

「腕がしびれるから嫌だ」

「ダメな男」

うっさいわ。

「いちゃつかないでくれません？　私がみじめになるんで」

マリアからクレームが来た。

「お前がリーシャに腕枕してやれよ」

「嫌です。サイズ感が逆です」

まあ、マリアがリーシャに腕枕をしていたら笑うな。

「それもそうだな」

「ハァ……私もいつか誰かに腕枕をしてもらえる日が来るんでしょうか？」

「ここで死ななきゃ来るかもな」

「絶対に生き延びよう！」

そうしてくれ。

「……すぅ」

リーシャから寝息が聞こえてきた。

「もう寝やがった」

「相変わらず、寝入りが早い人ですねー」

「ホントにな。俺らも寝るぞ。さすがに疲れたわ」

「はい。おやすみなさい、殿下……ん？」

「いいから寝ろ」

俺らはしゃべるのをやめ、眠ることにした。こんなところで眠れるのかなと思ったが、疲れもあって、あっという間に意識が遠くなっていった。


俺は寝返りをうち、地面の硬さが気になって、目が覚める。正直、これまでに何度か起きているし、そのたびに何度も寝ていた。だが、今は微妙に明るくなっているので、朝だろうと思い、そろそろ起きることにした。そして、上半身を起こそうと思ったのだが、右隣にいるマリアがすでに体を起こしていた。

「マリア、早い、な……」

マリアに声をかけようと思ったのだが、マリアの様子がおかしいことに気が付いた。マリアは両目を見開き、完全に固まっている。そして、目から涙がこぼれていた。

「どうした、ん……だ」

マリアが見ている洞窟の入口の方を見ながら聞いたのだが、途中でマリアと同様に固まった。何《な》故《ぜ》なら、目の前に大きな熊がいて、こちらを見ていたからだ。

「ギャ――‼」

「グゥオ――‼」

俺と熊が同時に叫んだ。すると、熊が大きな口を開ける。

とっさに熊に向かって手をかざし、風魔法を放つ。すると、熊に風の衝撃が当たり、熊は洞窟の外に飛んでいった。

「――疾風よ！」

「マリア、リーシャを起こせ！」

マリアにそう言うと立ち上がり、洞窟の外に出る。洞窟の外では俺の魔法を食らったはずの熊がこちらを見ていた。

クソッ！　最悪な目覚めだ！

「チッ！　効いてないか！」

やはり杖《つえ》がないと威力が落ちてしまうのだ。

熊は再び口を開けると、俺に向かって駆けてくる。

「死ね！　フレア！」

一撃必殺の上級魔法を放つと、火の塊が熊に向かって飛んでいった。だが、熊は見た目とは裏腹に俊敏な動きを見せ、俺の魔法を躱《かわ》す。

「わかってるよ！　エアカッター！」

すぐに第二撃の魔法を放った。今度の魔法はそこまでレベルが高いわけではないが、殺傷能力の高い魔法だ。

熊は一度躱して、油断したのかはわからないが、今度は躱すことができず、エアカッターを受け、前のめりに倒れる。エアカッターが熊の右前足を切断したのだ。だが、それでも熊の闘争心は落ちないらしく、立ち上がろうとしていた。

「今度こそ死ね！　フレア！」

もがいている熊の頭に向け、上級魔法であるフレアを放つ。前足を失った熊はこれを躱すことができず、頭に直撃し、爆発して倒れた。

「これで死んだだろ……」

動かなくなった熊を見て、その場で腰を下ろす。

「で、で、殿下ー！　ご無事ですかー!?　もう洞窟《どうくつ》から出ても大丈夫ですかー!?」

後ろからマリアの声が聞こえてくる。

「もう大丈夫だ」

「お怪我はありませんか!?」

熊を見ながらほっとしていると、マリアが走ってやってくる。

「ケガはない。魔法で片付けた」

「さすがです、殿下！」

「お前、どういう状況だったんだ？」

なんで熊がいるんだよ。

「わかりません。私も起きて、入口の方を見たら熊がいたんで固まってました」

最悪だな……

「もしかして、あの洞窟って熊の巣穴だったのか……」

「かもしれません」

朝になって巣穴に戻ってきたわけだ。もし、俺が気配を消す魔法を使ってなかったら寝ている間に殺されていたかもしれない。

「危機一髪だったな……リーシャは？」

「あ、寝てます。全然、起きてくれません」

あいつは寝入りが早いが、起きるのは遅いからな……学生時代も遅刻魔だった。

「起こすぞ。さっさと離れた方が良い」

「わかりました！」

俺とマリアはリーシャを起こすことにし、再び、洞窟に入っていった。

◆◇◆

「ハァ……」

私は嬉《うれ》しそうに笑う学友達を眺めながら思わずため息が出た。いや、学友達という表現は間違っている。見ていたのは達ではなく、一人の学友だけだ。

私の視線の先にはクラスメイトと楽しそうに話しているマリアがいる。マリアは男爵令嬢だが、伯爵などの高い身分の貴族の令嬢と普通に笑い合っていた。あの子は身分や学年、性別の分け隔てなく笑顔でしゃべれるし、皆からも人気だ。私はその逆。話せる人がマリアしかいない。そんなマリアがあの状況ではこの場で一人なのは私だけだろうな……

そう思ったが、それが自分だけではないことに気付き、周囲を見渡す。

「ハァ……」

またもや、ため息がこぼれた。

視線の先にいるのは木に背を預け、本を読む婚約者の姿だった。私の婚約者はこの国の王太子であり、すなわち次期王だ。だが、そんな王太子はクラスメイトがわいわいと騒いでいるのを尻目《しりめ》に誰とも話さずに黙々と本を読んでいる。

今、私達は学校行事の研修で王都の近くにある森の前に来ている。貴族というのは基本的に籠《かご》の鳥だし、こうやって外に出ることは滅多にない。だからこそ、皆が嬉しそうに騒いでるのだが、王太子は話しかけるなオーラを出し、一向に顔を上げる様子がない。

普通、王太子ならば、男女問わず、皆が交流をしたがる。男子だったら将来のコネに繋《つな》がるし、女子だったら正室はありえないが、側室にはなれるかもしれないからだ。だが、誰も声をかけようとしない。何故なら、皆、すでにわかっているのだ。本を読み出した殿下に声をかけても無駄なことを……むしろ、舌打ちが飛んでくるまである。とはいえ……

「殿下、何をしておられるのですか？」

私は婚約者として話しかけないといけないだろうなと思い、声をかける。正直、別に声をかけたいわけではない。殿下とはいつでも話せるし、私だって、マリアがいないのならば、一人で外を満喫したい。

「見てわからんか？　本を読んでいる」

殿下はチラッと目線だけを上げたが、すぐに本を読みだす。

「見ればわかります。どうして外に来てまで本を読んでいるのですか、と聞いているのです」

部屋で読みなさいよ。

「もうすぐ新しい魔法が完成しそうなんだ。本当は今日の研修も休みたかったが、宰相のハゲがうるせーのなんの」

やっぱり魔法の本か。表紙が真っ黒だからそうだろうとは思っていたが、魔法の何が楽しいのだろう？

「宰相様は殿下に学友と交流を深めてほしいのでしょう。この学友が殿下の将来の力になるやもしれませんよ？」

ならないと思うけど。

「ふっ……ならんし、いらん」

殿下は本を読みながら鼻で笑う。

この人、本当に王になれるんだろうか？　弱いし、本ばっかり読んでいる軟弱者なうえにこの態度だ。せめて、人望があればいいのに……人のことは言えないけど……

「そうですか……では、お楽しみください。その魔法とやらも早く完成させてくださいね。今夜はわたくしの両親と食事をする日です」

「あれか……」

殿下は顔を上げると、ものすごく嫌そうな顔をする。

「言っておきますけど、わたくしだって嫌なんですよ。でも、わたくしを娶《めと》るのですから仕方がありません」

「そうだな……」

こう言ってもなお、ものすごく嫌そうだ。婚約破棄したくなるようなリアクションだが、殿下は私どうこうではなく、人付き合いを嫌う人だから仕方がない。私自身も殿下のことをそこまで嫌っているわけではないので何も思わない。まあ、そこまで好きでもないけど。せめて、もう少し剣術に打ち込んでくれたらなー……遊びで演習をしたこともあるが、あまりにも弱すぎる。私は自分より弱い男は嫌なのだ。だというのに殿下は剣術の練習を嫌がってあまりしてくれない。

「では、頼みましたよ」

「ああ……」

殿下の返事を聞くと、その場を離れる。そして、マリアの方を見るが、やはり皆と話していた。

まあいいわ。せっかくの外を満喫しましょう。

私は皆が思い思いに過ごしているのを見て、一人で森の中に入っていく。この森はそんなに深い森ではないし、道も整備されているため、歩きやすい。そのまま森の自然を感じながら歩いていると、足が止まった。何故なら、目の前にグルルと唸《うな》っている狼がいるからだ。

「私の前に立つとはいい度胸ね……死にな……」

そう言いながら腰に手を伸ばすが、途中で言葉が止まる。

そうだ……剣がない……

「ふっ、行きなさい……今なら見逃して——チッ！」

見逃してあげようと思ったのだが、狼は私がしゃべっている途中で飛びかかってきた。私は身体《からだ》をひねって躱すと、まだ宙にいる狼の腹を蹴《け》り上げる。

「——ギャンッ！」

狼は鳴き声をあげて飛んでいくが、着地し、殺気が籠《こも》った目で再び、飛びかかってきた。私はそれをもう一度、躱そうと思い、身体をひねる。しかし、今度はスカートのすそを踏んでしまい、体勢が崩れて尻餅《しりもち》をついてしまった。

「クッ！」

狼の攻撃はこけたことで躱せたが、目の前には牙《きば》を剥《む》いた狼が迫っている。それを見て、避けられないと思い、目を閉じた。直後、風が起き、私の髪が揺れる。いつまで経《た》っても狼が来ないので目を開けると、狼はおらず、目の前には殿下が立っていた。

「殿下？」

なんでいるんだろう？

「一人で森に行ったから心配して来てみたら何をしているんだ、お前？」

殿下は私を見下ろしながら呆《あき》れた声を出す。

心配？　殿下が？　自分の家族にすら関心を持たないのに？

「で、殿下……その……」

「あー、待て。人の女を襲う畜生を片付けてからだ」

殿下はそう言うと、右の方を見る。私も釣られて見ると、狼が唸っていた。

「やはりウインドでは死なんか……」

「ウインド？」

「風魔法だ。お前と近かったから殺傷能力の低い魔法を選んだんだ」

さっきの風は殿下の魔法らしい。どうやら風魔法とやらで狼を吹き飛ばしたようだ。

「まあいい。死ね」

殿下が狼に向かって手をかかげる。だが、狼はすでに殿下に向かって駆けていた。

「殿下っ！」

「ふん……炎よ！」

殿下がそう言うと、狼が燃え上がり、火柱が立つ。狼はあっという間に動かなくなり、火柱だけが残った。

すごっ……何これ？　これが魔法？

「死んだんですか？」

「俺の炎で生き残れるものはおらん。だが、失敗だったな……」

「何がです？」

「うーん、火力が……」

殿下の言っている意味がわかった。火柱が周囲の木を燃やしている。

「何をしているんですか⁉」

叫び声が聞こえた思って振り向くと、引率の若い女の教師が燃えている木々を見て、唖然《あぜん》とした表情をしていた。

「チッ！　めんどうな……」

殿下の舌打ちを聞くと、立ち上がり、スカートについた土を手で払う。

「殿下、リーシャ様、何をしておられのですか⁉　この火は一体⁉」

私は殿下の方を指差す。すると、殿下も私を指差してきた。

「火を放ったのは殿下です」

「こいつが悪い」

同時に言葉を出す。

「どっちですか⁉　あ、いや、まずは火を消さないと！　あー！　どうしよう⁉」

教師はパニックになってあたふたしている。

「こんな炎はすぐに消える」

殿下がそう言って燃えている木に手を向けると、水が飛び出し、あっという間に鎮火させた。

「ふっ、見たか？　三属性も魔法が使えるんだぞ？」

いや、それがすごいのかがわからない。でも、あれだけの火力を出し、火をあっという間に消せるだけの水を出せるのはすごいと思う。

「何をかっこつけているんですか⁉　すぐに戻りますよ！　このことは校長先生に報告しますから

ね！」

「先生……」

殿下はポケットに手を突っ込んだ後、教師に手を伸ばし、握手を求めた。多分、金貨を握っている。

「えー……」

「教師を買収しようとするな！　宰相殿にも報告します！」

私達は戻ることにし、ぷんすかと怒っている教師の後ろを歩く。

「ケガはないか？」

殿下が聞いてきた。

「そこは手を差し出すところです」

「いや、普通に歩いてるだろ」

殿下がそう言いつつも差し出してきた手を取り、歩いていく。

「殿下、お強いんですね？」

あの魔法はすごかった。

「そうだよ。お前らがどんなに剣に優れようが、俺の魔法の敵ではない。燃やし尽くす」

いや、婚約者を燃やさないで……あ、そうか。火力が高すぎるから演習や訓練で使えないんだ。

「ふふっ、まあいいでしょう……」

「何がだ？」

「及第点です。俺の女発言は特に良かったですね」

「そんなことは言ってない」

言ってたわよ。

「なるほど、なるほど……」

「何だ、その顔？　ムカつくな……」

殿下……いや、ロイドが嫌そうな顔をしたので扇子を取り出し、口元を隠した。

「何でもありませんわ」

「ふん……勝手にしろ」

ロイドはぷいっとそっぽを向く。

「二人共、反省していますか？　手を取り合ってイチャつかないでください」

前を歩く教師が目を細め、睨《にら》んできた。

「そんなことはない。当たり前のことだろう」

「普通ですよ、普通。婚約者ですもの」

ひがみかしら？

「陛下にも報告しますね……」

二十三歳の未婚の教師が微笑《ほほえ》んだ。

「今のはリーシャが悪い」

「殿下が悪いです」

私達はまたもや声を揃えた。

「ハァ……もう研修は終わりですから帰りますよ」

私とロイドはため息をつく教師と共に森を出る。すると、全員が私達に注目し、マリアが小走りで近づいてきた。

「リーシャ様、殿下。森の中で何をしておられたんですか？」

マリアが私の顔を見て、聞いてくる。

「別に森を見てきただけよ。それと狼がいただけ」

「狼⁉　あわわ……お怪我は⁉」

マリアが慌てふためいた。

「ないわよ」

「リーシャ様、狼が出たんですか？」

名前も覚えていないクラスメイトが近づいてくると、私が一度、説明したことを聞いてくる。

この子は……確か、伯爵令嬢だったかしら？

「そうね」

「なんと……殿下、お怪我はありませんか？」

伯爵令嬢風情がロイドの手を握った。

「そんなものはないし、たかが狼なんぞ俺の敵ではない」

「しかし、御身に何かあれば……え？」

伯爵令嬢風情がしゃべっている途中で私の方を見てくる。ロイドもマリアも教師も他の生徒達も皆が私を見ていた。

「リーシャ様、あの、扇子が……」

私が持っていた扇子は真っ二つに折れ、地面に落ちている。

「ロイド、研修は終わりました。さっさと帰りましょう。疲れたでしょうし、私がお茶を淹《い》れます。私はお茶を淹れるのが得意なんです」

「え？　聞いたこと……あ、いや……うん」

ロイドが頷《うなず》いたので伯爵令嬢風情を見る。すると、伯爵令嬢風情は慌てて、ロイドから手を離し、そそくさと距離を取った。

「さあ、行きましょうか」

「あ、ああ……」

ロイドが私の手を取ってくれたのでそのまま王都に帰っていった。すると、私の身体が激しく揺れる。

ん？

「リーシャ様ー！　リーシャ様ー！　起きてください！　熊がー！　殿下がー！」

この声は……マリア？

「……何よ？」

目を開けると、ゆっくりと身体を起こし、マリアを見る。すると、焦っているマリアといつもの表情で私を見下ろすロイドが立っていた。

そうか……夢か……

「早く洞窟《どうくつ》を出ましょう！　ここ、熊の巣みたいです」

「ふーん……その熊はどこよ？」

「外です！　殿下が倒されました」

へー……さすがはロイド。やる時はやるわね。

「あー、眠たい……」

立ち上がると、洞窟の外に向かって歩き出す。

「よく寝れるな、お前……」

ロイドとすれ違うと、呆れたように声をかけてきた。

「寝足りないわ。というか、あなたが起こしなさいよ。それが夫の役目よ」

「お前、いっつも起きねーじゃん。めんどくさいわ」

めんどくさい……妻に何てことを言うんだ、この男は……

「私は何も聞いてませーん、知りませーん。早く出ましょうよー」

「はいはい……」

私達はマリアに急《せ》かされ、洞窟を出た。

◆◇◆

「この森って、こんな大きい熊もいるのね……」

事情を聞いたリーシャが横たわる熊を見ながらつぶやく。

「寿命が縮んだわ」

「私もです」

起きたら目の前に熊がいるって怖すぎる。

「起こしてくれれば私が仕留めたのに」

とても頼もしいことを言っているが、俺の叫びと熊の咆哮《ほうこう》を聞いて起きなかった奴に言われてもね……

「とにかく、出発しよう」

「そうね。ロイド、飛べる？」

「すまん。熊相手に魔法を使いすぎた」

上級魔法であるフレア二発が大きかった。連続で撃ったし、杖《つえ》もなかったため、魔力消費が大きい。

「それは仕方がないわ。じゃあ、あっちね」

俺達はさっさとこの場から離れることにし、歩き出した。

「正直、あまり疲れが取れてません……」

歩き出すと、マリアが愚痴をこぼした。

「俺もだよ。地面で寝るのはきついな」

硬いし、枕もないしで最悪だ。あちこちが痛い。昼までふかふかのベッドで寝ていた日々が懐かしい。

「ですよね。軍の方はすごいです」

軍人は鎧《よろい》を着たまま、地面に寝るという。すごいわ。

「私達はロイドの保温魔法があったからまだ良い方でしょうね。普通に風邪を引くわよ」

今の時期はまだ寒いというわけではないが、夜はさすがに冷える。

「今日はベッドで寝たいです……」

「そのためには歩かないとね……」

「だなー」

俺達は愚痴や不満を言いながら歩き続ける。しばらく歩いていると、リーシャが足を止め、俺達を手で制してきた。

「どうした？」

「伏せて」

リーシャがそう言って伏せたため、俺とマリアもその場に伏せた。

「どうしたんだよ？」

リーシャの行動が気になったため、再度、聞く。

「ロイド、遠見の魔法は使える？」

「ああ。あれはたいした魔力を使わんからな」

「じゃあ、ずっと先を見てみて」

リーシャにそう言われたので立ち上がると、遠見の魔法を使い、進行方向を見る。すると、一瞬、大きなカバンを背負った人間が見えた。

「人だな」

「でしょう？」

「お前、よく見えたな」

遠すぎて魔法を使わなかったら見えなかっただろう。

「私は目が良いからね。それより、どうする？」

どうする、か……

「助けを求めたいが、野盗の可能性もあるか？」

「そうね。一人しか確認できなかったけど、仲間がいるかもしれない。相手の実力もわからない。もし、私達より強かった場合、何をされるかわからないわ」

自分はもちろんのこと、リーシャとマリアを危険な目に遭わせることはできない。安全面を考えれば、スルーか、奇襲で徴発だな。

「普通に冒険者では？　助けを求めるべきですし、最悪でも情報を仕入れるべきだと思います」

マリアは助けを求めたいらしい。払えるものはないが、森を抜ける最短ルートだけでも教えてほしいのは確かだ。

「俺一人ならそうするんだが……」

見目麗しいリーシャとマリアがいるのがマズいのだ。野盗だろうが、冒険者だろうがこんなところで会わせたくはない。

「だったら私達はここにいるからロイドが一人で接触するのはどう？」

「殿下御一人でですか？　それはマズいですよ。危険です！」

「それもそうね」

さて、どうするべきか……

「——おい、お前ら、こんなところで何をしているんだ？」

急に声がした。

すぐに立ち上がると、声がした方向に手を掲げる。リーシャもまた立ち上がり、剣を向けた。

「物騒だな、おい……」

その場にいたのはさっき遠見の魔法で見た男だった。

おいおい……かなりの距離があったはずだぞ。いつの間に近づいてきたんだ？

「何者だ⁉」

「いや、それは俺のセリフ……こっちはお前らを害する気はない。武器と手を下ろせ。これ以上は敵対行為になるぞ」

俺とリーシャはそう言われて、ゆっくりと手と剣を下ろした。とはいえ、俺はいつでも魔法を放てるようにしてある。

「ふぅ……遭難者かと思って声をかけたらいきなり攻撃態勢に入られるとは思わなかったぜ」

謎の男が息を吐いた。すると、リーシャが俺を見てくる。俺が話せということらしい。

「お前は何者だ？」

「俺？　しがない冒険者だよ。依頼のためにこの森に入ったんだが、急に魔力を感じたんで確かめに来たらあんたらがいた」

魔力を感じた？　俺の遠見の魔法か？　そんな微量な魔力を感じることができるのは相当な魔術師のはずだ。

「依頼と言ったな？　何の依頼だ？」

まさか、俺らの捜索ではないだろうな？

「まあまあ。落ち着けって。あんたらこそ何者だ？　冒険者には見えないし、ボロボロだが、貴族様と教会の修道女に見えるんだが……」

　さて、どうする？　正直に言うべきか、適当に誤魔化すか……

「お前の言う通り、俺達は貴族だ。実は飛空艇に乗っていたのだが、空賊に襲われてな。この森に不時着したのだ」

　まあ、これくらいは言ってもいいだろう。というか、貴族ではないと言っても信じないだろうし。

「へー……そりゃ、ツイてないなー……あ、悪いが、俺は下賤《げせん》の生まれなんで敬語は使えない」

「いい。冒険者にそんなものは期待しない」

　冒険者はいわゆる何でも屋だ。モンスターを狩ったり、素材を採ってきたりする便利屋であり、時には傭兵《ようへい》として戦争に参加したりもする。なので、身分や学力がいらないため、平民はもちろん、卑しい生まれや孤児の者も多い。

「悪いね。しかし、お貴族様がよくこんな森で生きられるな。ここはモンスターが出るんだが」

「白々しい……俺は魔法が使えるし、こっちは剣も使える。モンスターごときに後れはとらん」

　俺の魔力を感知したわけだから知っているだろうに。

「へー……それはすごい。どこの国の貴族かは聞かないが、たいしたものだ」

「そんなことはどうでもいい。それよりもここはどこだ？」

「ここはパニャの大森林だな」

　パニャの大森林、だと……！

「ひえ、パニャの大森林！　テール……」

マリアが反応してしまった。

パニャの大森林はテール王国の領土にある森である。そして、テール王国は俺達のエーデルタルトの敵国でもある。

「あちゃー、エーデルタルトの貴族様だったか……」

どうやらマリアの反応でバレたようだ。殺すか……

「やめろっての……あんたもそっちのお嬢様もすぐに戦闘態勢に入るな。マジでこっちは何もする気はねーから。俺みたいなしがない冒険者はお貴族様や国同士の争いに巻き込まれたくないんだ」

「どうだか……」

冒険者なんか信用できない。金のためなら何でもするような奴らだ。

「俺はそもそもこの国の出身じゃないし、興味ねーよ」

「どこの出身なんだ？」

「北東のエリアンだ」

エリアン……雪と氷の国か……

「お前、名は何という？」

「俺はジャック。ジャック・ヤッホイだ」

ジャック・ヤッホイ？　……え!?

「ジャック・ヤッホイだと……？」

「え？　ホント!?　『ヤッホイ冒険記』のジャック・ヤッホイ!?」

リーシャが食いついた。

「そうだ。俺の本を知ってくれてたか……」

知ってるも何も『ヤッホイ冒険記』はどこの本屋にもある有名な本で特に子供に大人気の冒険記だ。貴族学校の図書館にもあった。

「マジ？　すげー！　伝説の冒険者じゃん！」

「握手、握手してください！」

「俺も、俺も！」

俺とリーシャはジャックに握手を求める。

「いや、誰です？　有名人？」

どうやらマリアは知らないらしい。色恋の物語ばっかりじゃなくて、冒険記も読めっての。

「マリア、ジャック・ヤッホイを知らないの？　伝記とか冒険記とかの本を読まない？」

リーシャがマリアに聞く。

「読まないです」

「恋愛ものやBLばっか読んでないでそういうのも読みなさいよ。知見を広げなさい」

「いや、リーシャ様こそ、そういう本を読みましょうよ。令嬢は冒険記なんか読みません」

BLはともかく、多分、正しいのはマリアだと思う。冒険記なんか読んでるから剣を振り回す令嬢になったんだろうし。

「私はそんな本は読まない」

「えー……貴族令嬢の嗜《たしな》みじゃないですか」

俺達王侯貴族は籠《かご》の鳥なため、娯楽というのは基本、インドアだ。だからその最たるものである本を読み、知見を広げる。

「リーシャは冒険記とかの男子が読む本を好むからな」

昔からそうだった。だから話も合ったし、盛り上がった。

「そうなんですか？」

「ああ。昔、こいつの母親がそれこそ色んな恋愛本なんかを与えたんだが、つまらないの一言だったらしい。それを見かねた父親のスミュールが試しにと冒険記を読ませたんだ。それ以来、そういう本しか読まなくなった」

昔、スミュールにそういう事情を教えられ、恋愛本を勧めるように頼まれたことがある。もちろん、無視した。

「へー……そんなんだからお茶会にすら帯剣する下水さんになったんですねー」

やはりお前もそう思うか……話が合うのは良いが、あれはどうかと思う。

「面白いじゃないの。『ヤッホイ冒険記』はその中でもトップね」

リーシャが褒める。俺も面白いと思う。

「ありがとよ。そんな嬢ちゃんにはこれをやろう」

ジャックは嬉《うれ》しそうに言いながらカバンから本を取り出すと、何かを書き、リーシャに渡した。

「『ヤッホイ冒険記』ね……これ、サイン？」

「そうだ」

「ださい……というか、汚い字ねー」

リーシャがひどいことを言うので覗《のぞ》いてみると、確かに汚い字でジャック・ヤッホイって書いてあった。

「ホントだ。物書きのくせに」

読めないこともないが、きれいとは言えない。物書きなら普段から文字を書いているだろうし、もうちょっと上手《うま》く書けそうなものだが……

「確かにお世辞にも上手とは言えませんねー……本当に面白いんです？」

俺と同じようにサインを見ていたマリアが疑いの目で見てくる。

「面白いぞ」

「そうね。恋愛やＢＬなんかより百倍は面白い」

「えー……」

マリアはマリアで恋愛ものやＢＬが好きだなー……

「まあまあ。嬢ちゃん、良かったら暇な時にでも読んでくれや」

ジャックはそう言うと、またもや背負っているカバンから本を取り出してマリアに渡す。マリアは本を受け取ると、その場で読みだした。

「こんなに持ち歩いているのか？」

「こういう地道な宣伝が大事なんだ」

へー……そんなものかね？

「しかし、伝説の冒険者がこんなところで何をしてるんだ？　依頼って言っていたが……」

「この地には特別な依頼で来たんだがな、それとは別に近くの村でちょっとした依頼を受けたんだ」

近くの村？

「村があるのか？」

「ああ。あっちにまっすぐ行けば小さいが村がある。そこで直接依頼を受けたんだよ」

マジかよ！　やったぜー！　やっぱりこっちが正解だったな。マリアが指差した方向に行かなくて良かったわ。森の奥の方向じゃねーか。

「うむ、案内しろ」

「いや、依頼があるって言っただろ」

貴族に逆らう気か？

「依頼って？」

「この森にジャイアントベアが住みついたらしい。それの駆除だな」

「ジャイアントベア？　でっかい熊か？」

「そうそう」

俺が倒したやつじゃないか？

「で、ロイド様が倒した熊ですね！」

本を読んでいたマリアが顔を上げる。なお、殿下と言いかけたが、すぐに軌道修正した。

「ああ、あれ……確かに熊にしては大きかったしね」

リーシャがうんうんと頷《うなず》く。

「ジャイアントベアを倒した？　あれはCランク以上のモンスターだぞ」

モンスターのランクは知らんが、俺はエーデルタルト一の魔術師だぞ。まあ、魔術師自体がほとんどいないからなんだけど……

「魔法で倒したな。まあ、そういうわけだからお前の依頼は終わり。依頼料は横取りしないから村まで案内しろ」

ジャックの仕事は労せずに終わり。俺達は村に行ける。ウィンウィンだろう。

「まあ、待て。その話が本当なら村まで案内してやるが、確認がしたい。討伐の証《あかし》も必要だ」

引き返すのは面倒だが、仕方がないか。冒険者としても討伐を証明するものがないと依頼料をもらえないのだろう。詐欺とかあるし、当然と言えば当然だ。

「こっちだ。ついてきてくれ……マリア、本は後にしろ」

熊の死体があるところまで戻ることにし、本を読みふけっているマリアに言う。

「あ、はい。あの、ジャックさん、ここにサインをしてくれませんか？」

ハマッてるし……まあ、『ヤッホイ冒険記』は面白いからな。

「仕方ねーなー……」

ジャックはそう言うが、満面の笑みだ。よほど嬉しいらしい。

ジャックがマリアにあげた本にサインを書き終えるとマリアに渡す。

「ありがとうございます」

「特別だぞ」

多分、こいつはそこら中でサインを書きまくっている気がする。

サインをもらったマリアよりサインを書いたジャックの方が嬉しそうにしており、変わった奴だなーと思いつつも俺達は来た道を引き返すことにした。

「しかし、おたくらだけか？　他の乗客や乗員はどうした？」

歩いていると、ジャックが聞いてくる。

「多分、死んだな。俺は魔法が使えるから自分とこいつらだけを守った」

ハイジャックしたから俺らしか乗ってなかったとは言えない。

「ふーん、まあ、まずは自分達の身だわな。ちなみに、おたくら、どういう関係だ？」

探りか？

「貴族を探らん方がいいぞ」

「別に探りじゃなくて世間話なんだがな……言いたくないのなら別にいい。エーデルタルトの貴族はこえーから」

そうなの？

「怖いか？」

「あそこの国は古い封建制度が染みついた国だからな。まあ、他もたいして変わらんが、エーデルタルトは特にその傾向が強い。冒険者界隈《かいわい》ではあまり近づくなと評判なんだ」

そうなんだ……よその国のことはあんまり知らんからな。

「お前は行ったことがあるのか？」

「一度あるが、すぐに帰ったな。貴族に睨《にら》まれるわ、賄賂《わいろ》を要求されるわで散々だった。そして何より、軍隊が強いし、俺らの仕事があまりない」

そういえば、冒険者の話をあまり聞かなかったな。少ないのかね？　いや、モンスターが出てもすぐに軍が出てくるからか。

「ふーん……そういう話を聞くと、外国に来たって感じがするな」

自国にしかいないとそういうのはわからない。

「あ、そうだ。おたくら、わかっていると思うが、村に着いたら身分は隠せよ。エーデルタルトの貴族とバレたらマズいぞ」

それはよくわかっている。敵国であるテールで捕まれば、人質で済めば良い方だし。

「マリアはともかく、俺とリーシャは服をどうにかしたいな」

マリアは修道服だし、教会の人間にしか見えない。

「村で服や装備を買え。というか、おたくらの服はボロボロすぎてもう無理だろ。おじさん、目のやり場に困るよ。エーデルタルトの貴族女子は怖いし」

二人共、肌の露出が増えてきたしな。しかし、エーデルタルトってうるさい貞操観念まで他国で有名なんだな。

「金がないな」

「貴族様なのに？」

「墜落時にどっかいった」

本当は最初から持ってない。

「ふーん、じゃあ、ジャイアントベアの肉を解体して村で売ろう。おたくらが倒した獲物だし、俺は討伐料だけでいい。売った金で服や装備を整えな」

そうするか。できたら他国での徴発は問題が大きくなるから避けたい。

俺達がジャックから情報を収集しながら歩いていると、俺達が寝泊まりした洞窟《どうくつ》前に到着した。

洞窟の前には変わらず、大きな熊の死体が横たわっている。

「おー！　本当に死んでるな。すげー！」

ジャックが倒れている熊に近づき、感嘆の声をあげる。

「で、ロイド様はすごい魔術師様なんです！」

マリアが誇らしげに言う。

褒めてくれるのは嬉しい。しかしこいつ、このままだといつか人前で殿下って言いそうだな……後で徹底させるか。

「ほーん、じゃあ、解体していくわ。おたくらはそこで休んでな」

ジャックはそう言って、カバンからナイフを始めとする色々な道具を出し、熊の解体を始めたので俺達は昨日、焚火《たきび》をした場所に行き、火をつけ、休むことにした。

「マリア、あなたはロイドの呼び方に注意しなさい」

休んでいると、リーシャも気になったらしく、マリアに注意をする。

「す、すみません。ですが、難しくて……私は貴族学校に入る際に皆様方に粗相がないように徹底した教育を受けましたので」

田舎《いなか》の貧乏男爵の令嬢だから不敬と思われないようにしたんだな。とはいえ、リーシャのことを下水と呼んでいる。まあ、そのくらい仲は良いのだ。

「わかるけど、頑張りなさい。テールの貴族の前で殿下なんて呼んだら最悪よ」

「は、はい。ロイド様、ロイド様……」

大丈夫かねー？

「マリア、リーシャにもだが、様付けもやめろ」

「え⁉　で、では、どうすれば⁉」

「普通に呼び捨てにしろよ。あと敬語もやめろ」

こんな状況だし、礼など気にしない。

「む、無理ですぅー。私は忠実なる臣下ですぅ……」

忠実かどうかは微妙だが、小心者のマリアには難しいか。

「じゃあ、敬語でもいいから様付けはやめろ」

マリアは誰にでも丁寧な言葉遣いだから敬語は大丈夫だろうが、様付けは俺らのことを偉い人間だと吹聴するようなもんだ。

「えっと、リーシャさんとロイドさん……ですか？」

「そんな感じ」

「まあ、いいんじゃない？　そもそも同級生だし、そんなものでしょう」

学校には身分を持ち込んではいけないという校則があった。じゃないと、俺やリーシャみたいな身分の高い者が先生や先輩に逆らうことができるからだ。もっとも、程度があるが……

「リーシャさん、ロイドさん……えへへ、ロイドさんって呼ぶと、本当に……いえ、何でもないです、リーシャ様」

少し顔を赤らめたマリアはリーシャの顔を見て、すぐに青ざめ、目を逸《そ》らした。

「リーシャ、お前は……普通にしゃべっているな」

お嬢様しゃべりはしていない。

「私は切り替えができるからね」

上級貴族は違うね。いや、元からこんな奴か。

「設定はどうしようか？」

「設定？」

「貴族という身分を隠すわけだし、旅の設定だよ」

平民はあまり旅なんかしないだろう。しかも、女二人と男一人。

「それこそジャックのように冒険者でいいんじゃない？　もしくは、マリアを前に出して、巡礼の聖職者とその御供」

「私を前に出す案は反対でーす」

確かにマリアには無理だな。

「じゃあ、冒険者か……冒険者ってどうやってなるんだ？　そう名乗ればいいのかね？」

「さあ？　後でジャックに聞いてみましょう」

それがいいか。ちょうどいいのが目の前にいるわけだから活用しよう。

「それにしても、よりにもよって、テールに不時着するとはな……」

「墜落……」

黙れ。

「仕方がないわよ。さっさとテールを出ましょう」

「そうだな」

俺達は焚火をじっと見る。

「おーい、お前ら、飯は食うかー？」

熊を解体しているジャックが聞いてきた。

「そういや、朝食を食べてないな」

「そうね」

「お腹《なか》が空《す》きました」

朝はいきなりの出来事で朝食を食べるという頭がなかったが、確かに腹は減っている。さすがに昨日の不味《まず》い狼肉だけでは足りないのだ。

「食べるー！」

「ちょっと待ってろー」

どうやらジャックがご馳走《ちそう》してくれるらしい。

あいつ、良い奴だな。いつか褒美をやろう。今は無理。

俺達がその場で待っていると、ジャックが何かの肉の塊を持ってやってきた。

「なんだそれ？」

ジャックが持ってきた肉の塊を指差しながら聞く。

「熊肉だよ。焼いて食う」

えー……

「美味《うま》いのか？　昨日の狼肉は硬いし、臭いしで最悪だったぞ」

二度と食いたくない。

「あー、狼の肉は筋ばっかりだからな。煮込めばいいんだが、時間がかかる。あと、お前ら、血抜きはしたか？」

血抜き？　血を抜くの？

「してない。剣でぶっ刺したからそこから血が出てた程度だ。ほれ」

その辺に転がっている昨日の残骸《ざんがい》を指差す。

「うーん、内臓は食べてないみたいだな？　それは良かった。まあ、すぐに食うなら良いんだが、血抜きをしないと臭いし、すぐに傷むぞ」

へー。

「知らんな」

「だろうな。これはちゃんと処理してあるから大丈夫だよ」

ジャックはそう言うと、カバンから脚付きの網を取り出し、焚火の上に置いた。そして、香辛料っぽいものを振りかけると、俺らに木製の皿を配る。

「汚いな」

「これ、洗ってる？」

「あの、フォークとナイフは？」

「貴族様はホントね……我慢しろ。狼を食ったんだからそのくらい我慢はできるだろ」

まあ、我慢してやろう。

「ちなみに、何をかけたんだ？」

「塩と胡椒《こしょう》だよ」

普通だな。

「そんなものを持っているんだな」

「冒険者の必需品だよ。たいして嵩張《かさば》らないし、これをかければ大抵のものは食える」

まあ、そんな気はする。城では色々な味付けをした料理を食べてきたが、結局は塩や胡椒で味付けしたシンプルな肉料理が一番、美味かったりするのだ。

「なあ、冒険者ってどうやってなるんだ？」

「ん？　冒険者になりたいのか？」

「カモフラージュだな。貴族であることがバレたくない」

「うーん、冒険者を装ってもどう見ても平民には見えんが……どこぞの商家の坊ちゃんという設定でいけ」

商家？　商人ってことか？

「それでいけるか？」

「商人なら貴族との取引もあるし、言葉遣いや立ち居振る舞いが多少、上流階級のものでも不思議ではない。良いところの商家のガキが家出したとかそんなんでいい」

ふむふむ。

「こいつらはどうする？　女連れの冒険者とかいるのか？」

「普通にいる。護衛、侍女、どっかで意気投合した仲間、奴隷……好きな設定を選べ」

「うーん……」

どうしよ？

「無理のない設定がいいぞ。変な設定にするとぼろが出やすくなる。お前らの関係は？」

「俺達は同級生だな。これは……婚約者だ」

リーシャを指差す。

「妻です」

「いや、まだ結婚してないんだが……」

「してくれるんでしょう？」

それはまあ……いずれはすると思っていたし、ここまでついてきてくれたのにしないわけはないんだが……クソッ！　マリア、ニヤニヤしながらこっちを見るな！

「妻かな……」

そう言うと、いつも仏頂面のリーシャが満面の笑みで頷《うなず》き、マリアに向かってドヤ顔をした。

「わかった。多分、駆け落ちかなんかと思うだろ。冒険者はあまり他人の過去を詮索《せんさく》しないし、適当に邪推する」

じゃあ、それで……

「マリアはどう見える？」

「教会の修道女」

だよな……

「つるんでいて変ではないか？」

「うーん、微妙……まあ、その服はもう処分すべきだし、村で適当に服を買ったらただの仲間か第二夫人でいいだろ」

まあ、周りがどう思おうが関係ないか。要は貴族と思われなければいいのだ。

「それで冒険者ってどうやってなるんだ？　名乗ればいいのか？」

「いや、ギルドに登録がいる。お前らの国にもギルドはあるだろ」

あったか？　知らんな。

俺はリーシャとマリアの顔を見るが、二人共、首を傾《かし》げており、知らないらしい。

「うーん、知らない」

「あー、エーデルタルトはギルドの数自体が少ないか……大抵の国では集落に一つはギルドがある。そこで登録しろ」

ギルドとやらに行けばいいのね。

「何かいるものはあるか？　身分を証明するものとか」

「そんなもんはない。もし、それが必要ならば、孤児で流民《るみん》である俺は冒険者になれなかった」

そういや、そんなことが本に書いてあったな。

「じゃあ、俺らがギルドに行けば、普通に登録できるわけだな？」

「そうなる。ついていってやろうか？　どうせ、俺もジャイアントベア討伐の報告をしないといけない」

ふむふむ。そうするか。しかし、さすがは伝説のAランクだな。優しい。

「よきにはからえ」

「……隠す気あるか？」

冗談だよ。

俺達が話をしながら肉を見ていると、徐々に美味そうな匂いがしてきた。

「もういいだろうな……」

ジャックはそう言うと、網で焼いている肉を掴《つか》み、ナイフで切り分けていく。

「食えるのか？」

昨日の狼よりかは良い匂いがしているが……

「ああ、好きに食え。ナイフとフォークは俺の分しかない……使いたくはないだろ？」

ジャックがそう言って、リーシャとマリアを見る。二人は頷くと、手を伸ばし、熱せられた網の上の肉を掴んだ。

「熱っ」

「熱いですー！」

そりゃな。

「ジャック、俺は気にしないからどっちか貸してくれ」

実にどうでもいい。

「ほらよ」

ジャックがフォークを貸してくれたので俺は肉を刺し、皿に置いた。すると、リーシャとマリアが恨めし気に俺を見てくる。

「ハンカチくらい持ってるだろ。それで掴め」

なお、俺は持ってない。

「仕方がないか」

「私のお気に入りのハンカチがー」

二人は文句を言いつつもハンカチで肉を掴んで皿に載せた。

「クソ高そうな布だな、おい」

こいつらのハンカチは職人が作ったものでそこその値段がする。俺も持っていたが、王宮のトイレに忘れた。

「いいから食おうぜ。腹減ったわ」

そう言って、皿に取った肉にフォークを刺し、口に入れる。

「うん、美味いな」

「ホントね。多少硬いけど、塩胡椒《しおこしょう》は偉大だわ」

「美味《おい》しいですぅ。昨日のせいでより美味しく感じます」

確かに昨日の狼肉とは天と地だ。

「まあ、熊肉は高級食材だしな」

「そうなのか？」

食べたことないぞ。

「味はともかく、滅多に獲《と》れないから希少価値がある」

熊って強いもんな。猪や鳥よりは獲れないか。

「村で売れるか？」

「売れる、売れる。近くの村は小さい村だからそこまでの金は出せないだろうが、お前らの服や装備を整えることくらいはできるだろ」

まあ、それでいいか。大きな町に行く前に腐りそうだし。

「ふーん、じゃあ、それでいくか」

「ああ、それとこれを渡しておく」

ジャックがそう言って、何かを投げてくる。それをキャッチし、見てみると、赤い石だった。

「なんだこれ？　魔石か？」

「そうだ。ジャイアントベアの魔石だな」

「へー……質が良いな」

獣とモンスターの差はこの魔石があるかどうかだ。もちろん、魔石があるのがモンスター。

「Cランク級のモンスターの魔石だからな……それは倒したお前達のものだ。村では売らずに大きな町のギルドか魔法屋で売れ」

魔石は色んなことに使える。魔法の触媒になるし、魔法自体の燃料にもなるのだ。俺も魔法の研究で使っていた。

「いくらくらいになる？」

「そのサイズなら金貨二十枚から三十枚だろう」

「うーん、安い。でもまあ、魔石なんてそんなものか……」

魔石なんて使い捨ての消耗品だし、高くはないだろう。

「もう一個、アドバイスを追加だ。お前らはその金銭感覚をどうにかしろ。金貨三十枚ってのは平民が数ヶ月は暮らせる大金だぞ」

そうなの？

よくわからないので貧乏のマリアを見た。

「私が配ってたワインがそれくらいですー」

「ふーん」

わからん。

「……お前ら、ヤバいぞ。パンがいくらで買えるか知ってるか？」

「金貨……はないか。銀貨くらいか？」

「そのくらいじゃない？」

「そう思います」

うんうん。そんなものだろう。

「銅貨一枚だ」

やっす！

「そんなに安いのか？」

「平民が食べるパンはそれくらいだ」

マジかー。

「ということは金貨三十枚でパンが三千個買えるわけだな？」

銅貨十枚で銀貨一枚。銀貨十枚で金貨一枚だ。これはさすがに知っている。

「これで飢えることはなくなったわね」

「助かりましたー」

「……お前ら、金持ちなのか貧乏なのかどっちだよ」

元金持ちの現貧乏だよ。

「肉代もあるし、なんとかなりそうだな」

「いや、宿代やらなんやらで三人だとすぐになくなるぞ」

マジかよ……

「金を手っ取り早く手に入れる方法は？」

「んなもんあったら皆、もうやってるよ。でもまあ、お前らは強そうだし、こんな感じでモンスターを狩れ。解体はできないだろうが、魔石だけでも十分に儲《もう》かる。あとは血抜きさえしておけば、ギルドで有料の出張解体があるし、他の冒険者に頼んでもいい。そういうのを活用しろ」

「あのー、ジャックさんが助けてくれませんか？」

よく言った、マリア！

「無理だ。俺も仕事があるし、何よりも俺にメリットがない」

「家に帰ったらお礼をしますし」

「保証がないだろ」

「ですよねー……」

もっと粘れよ。庇護《ひご》欲をくすぐれ。お前、昔からそういうのが得意だっただろ。リーシャはプライドが高いからそういうのができないんだ。

「まあ、村までは付き合ってやるし、ギルドに素直に初心者ですって相談しろ」

それがいいか……見栄を張ることでもない。

「そうするわ」

「よし！　じゃあ、そろそろ出発するぞ。道中でも色々と教えてやるよ」

さすがはAランク。実に良い奴だな。

「頼む」

俺達は熊肉を食べ終えると、出発することにし、立ち上がった。そして、元は熊だった塊のところに行く。元は熊だったものは肉、毛皮、骨にきれいに解体されていた。

「上手《うま》いもんだな」

「何十年もやってきたことだからな」

「何十年？」

「俺は自分でも詳細な年齢は知らないが、少なくとも四十歳を超えている。冒険者も三十年近くやってるんだ」

十歳くらいから冒険者をやっていることになる。すごいな。

「それだけやれば冒険記も伝記も書けるわな」

「実は文字を覚えるのが一番苦労した」

平民、それも孤児ではロクな教育も受けていないんだろう。だから大人になってから勉強したんだ。そう考えると、字が上手くないのは仕方がないと思える。それなのにあそこまでの文章を書けるのは素直に尊敬できるな。

「伝説の冒険者も苦労したんだな」

「苦労の方が多い。冒険記には良いところしか書いてないがな」

まあ、苦労した話なんてつまらないしな。

「しかし、肉が多いな……」

とてもではないが、ジャック一人では持てない。

貧弱なマリアや戦闘を任せているリーシャに持たせるわけにはいかないから、俺が持つかね。

「ジャック、カバンの予備はないか？」

「いや、大丈夫だ。俺が持つ」

ジャックはそう言うと、肉をカバンに収納していく。その量は入らないだろと思いながら見ていると、ジャックがどんどんとカバンに肉を収納していった。明らかにカバンの容量を超えている。

「魔法のカバンか？」

「そうだ。知り合いの魔法使いに頼んで魔法のカバンにしてもらった」

魔法のカバンは空間魔法を付与し、実際の容量以上の収納が可能なカバンだ。要は見た目以上にいっぱい入るカバン。

「へー……便利だな」

「冒険者はこれがあるのとないのとでは大きく差が開く」

色んなものを持っていけるし、色んなものを持って帰れるからか……今後のことを考えると俺も欲しいな。

「ロイド、あなたは使えない？」

リーシャが聞いてくる。

「うーん、空間魔法は覚えてない」

俺が大荷物を持つことなんかなかったし、これまで必要性がなかった。こんなことなら覚えておけば良かったな。

「覚えてない？　ということは覚えられるの？」

「あれは中級魔法だし、そんなに難しくはない。魔導書があればすぐに覚えられる。だが、魔導書は高いんだよなー」

多分、買えない。

「そう。じゃあ、しょうがないわね」

うーん、誰かが教えてくれないもんかねー？

その後、ジャックが肉をカバンに収納し終えると、俺達は森を抜けるために出発した。

俺達はジャックから冒険者としての心得や知識を教えてもらいながら歩いている。道中にゴブリンやウルフといったモンスターも出てきたが、すべて先頭を歩くジャックが鉈《なた》のような武器で払っただけで終わった。

「ジャックの武器って剣とか槍《やり》じゃなかった？」

リーシャがゴブリンを払ったばかりのジャックに聞く。俺も冒険記や伝記を読んでいるが、そう記憶している。

「この森に出てくる程度のモンスターにそんな大層な武器は使わねーよ」

「ジャイアントベアも？」

「まあな。俺はドラゴンすら倒したドラゴンスレイヤーだぞ」

確かに冒険記にそういう話があった。とある町を襲ったドラゴンを冒険者の仲間と協力して討伐した、と。

「すごいわねー。私とどっちが強い？」

リーシャが挑発するようなことを言う。

「よしてくれ。俺はモンスター専門だし、あんたの剣は対人用だ。負けるとは言わんが、勝てるとも言えん。それに貴族の女子で、しかも、既婚者とは戦えない」

というか、そうなる前に俺が止める。絶対にやめてほしい。

「傭兵《ようへい》みたいなことはしないのか？」

「そういう仕事もあるが、俺は絶対に受けない。ロクなことがないからな。それに子供達に人気の俺が戦争なんかに参加できるか」

確かにがっかりする気がする。

「傭兵の仕事は儲かるか？」

「時と場合による。だが、お前らは絶対に参加するな。身元がバレる可能性が高いし、女連れは絶対にダメだ。戦時中は皆、たがが外れる」

うーん、ないな。

「じゃあ、モンスター専門にしとくか」

「そうだな。お前らに採取や護衛ができるとも思えんし、それが一番安全で確実だ」

採取は知識がない。護衛はわがままな依頼者だったら俺かリーシャのどちらかがキレそうだな。温厚なマリアはともかく、俺もリーシャも我慢強い人間ではない。

「お前、知り合いに魔法のカバンにしてもらったって言ったな？　誰だ？　魔法を教えてもらいたいんだが」

「無理だ。同じ冒険者だが、どこにいるのかも知らないし、生きているのかすら知らない。もう何年も会ってないからな」

「そういうもんか？」

魔法のカバンを作ってもらったってことは結構仲が良いと思うんだが……

「一ヶ所に留まる冒険者だったらそこに行けば会えるが、俺やあいつみたいな旅する冒険者は一度きりということが多い。あんたらも別れたら二度と会わないかもな」

そういうもんかねー？

「次に会ったら酒でも奢《おご》ってやるよ。金を持ってたらだけど」

悲しい王子になったもんだぜ。

「期待しないで待っておくよ。まあ、俺がくたばってるかもだけどな」

「伝説の冒険者が弱気なことを言うなよ」

「俺も歳だからな」

四十歳を超えていると言ってたし、ベテランなんだろうな。

「引退しねーの？」

冒険者のことはわからないが、兵士だったら引退を考えてもいい年頃だ。

「もう少し冒険記を書きたい……というか、完結が書けていない。伝説の最後にふさわしい冒険を書きたいんだ」

冒険の目的が本になってるし。

「それでいいのか？」

「正直に言えば、残りの人生を何もせずに過ごせるだけの蓄えはあるんだ。後は俺の人生の楽しみだよ。子供達が楽しいと思う本を書きたい。さっきの嬢ちゃんみたいにサインをせがまれたいんだ」

思ったより、俗っぽい理由だった。だからあんなに嬉《うれ》しそうだったわけね。

「冒険記以外は書かないのか？」

「書けねーよ。俺は孤児でロクな教育を受けてないって言っただろ。そんな男が書けるのは自分が経験したことだけだし、子供が読んでくれるような幼稚な文章だ」

確かに冒険記は子供が読むような本だ。だが、それでも面白かったのはこいつが経験した本当の伝説だからだろう。

「それでもすごいと思うぞ。自慢じゃないが、俺はまったく書けない」

魔法の研究成果をまとめる論文や報告書くらいだ。もちろん、誰も読んでくれない。悲しいね。

「何度か改訂しているが、最初はひどかったぜ。でも、子供達は喜んでくれた。孤児院とかに行くと群がってくるんだぜ？　それ以来、ずっと書いてる。おかげで色んな冒険をしてきたし、印税も入るから十分な蓄えはある。でも、だからこそ絶対に完結を書かないといけない」

ふーん……

「俺らのことも書くか？」

「つまんねーよ。バカ貴族が狼を食ってたって書けば庶民にはウケるかもだが、貴族に睨《にら》まれる」

「国によって内容を変えろよ。ウチの国に出す時はテールの貴族って書いて、この国で出す時はエーデルタルトの貴族って書くんだ」

あいつら、アホだなーって笑うだろう。まあ、当人である俺らは笑えんが。

「ふむ……悪くないな。情勢が変わることがあるから貴族の話はやめた方が良いが、国や地方によって話の内容を変える案は良い」

そうだろう、そうだろう。

「良い本を出せよ。読むから」

「まさか貴族様から良い提案をしてもらえるとはな……本当に人生は何があるかわからない……っと、ほら、森の出口が見えてきたぜ」

ジャックがそう言って、前を向くと、確かに森の先に光が差している。

「ようやくだな……」

「今日はベッドで寝たいわ……」

「疲れましたー……」

俺達はゴールが見えると、疲れからかその場で立ち止まり、ほっとしたようにつぶやいた。

「お疲れさん。貴族様には辛《つら》かっただろうが、もうすぐだ」

ジャックがそう言って進んでいったので俺達も続く。そして、森を抜けると、明るい草原が俺達を待っていた。太陽は明るいし、風が気持ちいい。

「おー！」

「広いっていいわねー」

「草原ですぅ！　太陽ですぅ！　風が気持ちいいです！」

俺達はテンションマックスで自然いっぱいの草原を満喫する。森も自然いっぱいだが、暗いし、ちょっと怖いし、木は飽きたのだ。

「ほれ、あそこが例の村だ」

ジャックが苦笑しながら指差した方向には確かに集落が見えている。

「なるほど……村だな」

「ジャックが町と言わなかった理由がわかったわ。あれは村ね」

「私の実家より村ですー」

俺の目に映っているのは数十軒しかない建物とそんな建物を囲むショボい柵《さく》である。徴発しようにも田舎《いなか》の村すぎて金になるものはなさそうだし、リスクの方がはるかに大きいだろう。

「ここは辺境もいいところだからな。とはいえ、間違っても村人にそんな態度をとるなよ。怒られるぞ」

ジャックが俺達に釘《くぎ》を刺してくる。

「そんなもんか？　ド田舎はド田舎じゃん」

よくこんなところに住むな。俺なら一日で飽きる。だからミールなんかは絶対に嫌なのだ。絶対に都会が良い。

「住んでる当人達は良い気がしないだろ」

そんなもんかねーと思いながら田舎者とバカにされていたマリアを見る。

「ウチにはぶどうがあります！　ロイドさん達が飲んでいたワインはウチのものです！」

ぶどう令嬢にはぶどうへの誇りがあるらしい。

「ふーん、まあ、気を付けるわ」

「そうしてくれ。変なトラブルは勘弁だぞ」

まあ、俺もトラブルは嫌だし、伝説の冒険者に従っておこう。

「わかった。お前らも気を付けろよ」

「そうね」

「私はそんなことはしません」

どうだか……勝ったって顔に書いてあるぞ。

「あと、お前らは服をどうにかするまではしゃべるな。俺がしゃべる」

「うむ！　よきにはからえ！」

「そういうのをやめろって言ってんだよ……」

だから冗談だっての。

俺達はジャックを先頭にして村に向かった。村に近づけば近づくほど、村のショボさが際立ってくる。

「田舎だなー……」

何もねーわ。

「言うなっての……ほら、あそこが入口だ。もうしゃべるなよ」

ジャックがそう言うと、確かに村への入口らしき門が見える。まあ、門というか、ただのショボい木製の扉だ。そして、そんな門の前には薄汚い男が一人で槍を持って立っていた。

「よう、ベック」

ジャックが手を上げて門番に話しかける。

「あ、ジャックさん。依頼は終わったんですか……って、誰です？」

「ああ、言ってなかったが、別の依頼があったんだよ。リリスの町の商人のガキが森に入ったから捜索してほしいってな。それでジャイアントベアの討伐ついでに回収してきた」

そういうことにするわけね。

「商人のガキ？　なんでパニャの大森林なんかに？」

「ユニコーンを探しにいったんだと」

ユニコーン？　伝説の生き物じゃん。いるのか？

「ユニコーン？　そんなものいるわけないじゃないですか」

いないんかい……

「リリスではそういう噂が流行《はや》ってんだよ」

「バカだなー……しかし、よく無事でしたね？」

「実力はあるんだよ。じゃなきゃ、こんなバカはしない。通っていいか？　少し休ませてからリリスに送る」

「了解っす。どうぞ！」

門番はジャックの言うことをあっさり信じ、門を通してくれた。

「バカはあいつだろ。よくあんなホラを信じるな……」

門番に聞こえない距離まで歩くと、ジャックに言う。

「お前らが田舎者をバカにするように田舎者も都会の人間をバカにするんだよ」

そんなもんかねーと思いながら田舎者を見る。

「わ、私は思っていませんよ！　王都に憧《あこが》れてましたし、都会の領地に嫁ぎたいと思ってました！」

「だってさ」

「女子は違うのかもな……悪いが、女はわからん……そんなことより、まずは服屋と防具屋に行くぞ。まあ、同じところなんだがな」

こんな田舎村では店を兼ねているわな。

「先にギルドじゃないのか？　換金しないと金がないぞ」

「立て替えてやる。ギルドはギルドのネットワークがあるから余計な情報を入れない方が良い」

「ふーん、じゃあ、まあ、そうするか。俺はともかく、リーシャとマリアは人前に出したくない格好だしな」

服のあちこちに穴が開き、ボロボロだ。微妙に煽情《せんじょう》的だし、さっきの門番もちょっといやらしい目でリーシャとマリアを見ていた。貞操観念がガチガチの二人には辛かっただろうし、俺もちょっとムカついた。というか、リーシャが首を刎《は》ねなくて良かったわ。

「この村の人間には刺激が強いだろうな。生涯、お目にかかれない上玉だ」

まあ、絶世のリーシャと可愛《かわい》らしいマリアだからな。こんな田舎にはいないだろ。

「村娘の格好でもいいから着替えた方が良いな」

「そうだな……あそこだ」

ジャックの目線の先には普通の家が見える。

「民家だろ」

「小さい村だし、客は皆、知り合いだから看板なんかいらないんだろ」

適当だなー。

俺達はジャックを先頭に服屋らしい民家に入っていった。

「……いらっしゃい」

店に入ると、外観とは裏腹に内装は店っぽく、あちこちに武器や防具が置いてあった。正直、予想以上に品ぞろえが良い。そして、カウンターにはひげ面をした不愛想な男が座っている。

「店主、こいつらの服や装備を買いたいんだが、いいか？」

不愛想な店主は俺をじーっと見た後にリーシャとマリアをじろじろと見る。正直、嫌な感じだ。

「……ちょっと待ってろ」

おっさんは立ち上がると、店の奥に消えていった。しばらく待っていると、おっさんが恰幅《かっぷく》の良いおばさんを連れて戻ってくる。

「あらまあ！　その格好はどうしたんだい⁉」

おばさんがリーシャとマリアを見て驚く。

「遭難者だよ。悪いが、服を頼む」

俺達の代わりにジャックが説明した。

「そうなのかい⁉　珍しいね！　さあさあ、こっちにおいで！」

おばさんは二人のもとに行くと、腕を引っ張って奥へと入っていった。

「お前さんも行くかい？」

ジャックが笑いながら聞いてくる。

「女の買い物なんかに付き合えるか。ましてや、服選びは最悪だぞ」

ロクなことがない。特に絶世の見た目と下水の性格の女は最悪。何度か買い物に付き合わされたが、『どっちが良い？』の連続だ。服なんか微塵《みじん》も興味もない俺には苦痛で仕方がなかった。リーシャが着ればボロ布だろうが何だろうが似合うのだからどうでもいいだろうに。

「ふーん、意外だ。あの嬢ちゃんはあんまり自己主張するようには見えなかったんだが」

いや、自己主張の塊だよ。しゃべるのを俺に任せてたからそう思っただけで下水の名は伊達《だて》ではない。

「あいつらのことはどうでもいい。それよりも俺も服が欲しいわ」

「まあ、お前さんもかなりボロボロだしな。店主、男物の服はあるか？」

ジャックが店主に聞く。

「ああ。どんなのがいい？」

どんなのって言われても服なんて何でもいいわ。

「安いやつでいいぞ。どうせ、女は高いのを買う」

「無駄金を使うなって言っても無駄か？」

ジャックが茶化しながら聞いてくる。

「女はうるせーんだよ」

特に貴族の女は……父である陛下に教わったことで一番役に立ったことは女のこだわりには口を出すな、だ。

「大変だねー。俺は一生独り身でいいわ」

それはそれで寂しくないんだろうか？　いや、こいつには別の生きがいがあるんだった。

「安いやつで良いんだな？　じゃあ、これでどうだ」

店主はカウンターの下から服を取り出し、カウンターに載せる。

「それでいいわ。着替えてもいいか？」

「ああ」

店主の許可を得たのでその場で服を脱ぎ、カウンターの上に置かれた服に着替え始める。服は安物の布でできた服であり、その辺の平民が着ている服にしか見えない。

「まあ、似合うんじゃね？」

全然、嬉《うれ》しくない。

「こんなもんでいいか？」

「後は外套《がいとう》がいるな。雨が降った時に必要だし、寝る時はそのまくるめばいい」

そう言われると必需品な気がする。

「じゃあ、それも買うか」

「店主、外套もくれ」

「安いやつな」

金はない。

「これでいいだろ。そこそこ良いやつだが、中古だし、安くしとく」

店主がまたもやカウンターの下から黒い外套を取り出し、カウンターに置いた。

「それでいいわ」

外套を手に取ると、服の上から羽織った。

「おー！　冒険者に見えるぞ」

「うっさいわ」

嬉しくないっての。

「お前、武器はどうするんだ？」

「いらね。俺は魔術師だ」

剣が欲しいと言えば欲しいが、金がない。

「魔術師は杖《つえ》だろ。買っとけ」

「たけーよ。俺は杖がなくても魔法を使えるし、いらん」

「いやー、買った方がいい。お前さんの嫁さんや第二夫人を守る意味でもな」

どうでもいいけど、マリアが第二夫人になってる……

「なんでだ？　輩《やから》は無詠唱魔法で瞬殺してやるぞ」

すごいんだぞ！

「いらんトラブルはやめとけってーの。杖を持っていると絡まれにくくなるから安物でもいいから持っといた方がいい」

「そうなのか？」

「ああ。お前さんが言ってた通り、冒険者なんてならず者だ。だからお前らみたいな初心者丸出しは絡まれやすい。ましてや、女連れ」

うーん、リーシャに絡んだ男の首が飛ぶ光景が見えるな……あと、マリアが涙目で俺を盾にする光景。

「杖を持っているとトラブルを回避できるのか？」

「多少はな。剣なんかを使う奴っていうのは見た目で大体強さが想像つくだろ？　でかけりゃ強い。だが、魔術師はそうじゃない。ガキだろうがヨボヨボのじいさんだろうが、杖を持ってりゃ得体の知れない魔術師だ。そういうのは絡まれにくい」

うーん、まあ、わからんでもない。確かに屈強な戦士は見た目でわかるが、魔術師は魔力を探らないとわからない。

「しかし、安物の杖だとバレるだろ」

「魔術師じゃない奴には杖の良し悪しなんかわかんねーよ」

なるほどねー。

「じゃあ、そうするか。店主、安いやつでいいから杖もくれ」

「あそこにあるやつから選べ。全部、金貨三枚だ」

店主がそう言って指差した先には樽《たる》が置いてあり、中に杖が十本近く立てかけられていた。

「ちゃんと管理しろよ……」

店の隅に行き、杖を一本一本見ていく。

「これ、全部同じ値段かよ……」

多分、店主は魔術師じゃないから杖のことを知らないのだろう。だが、さすがに呆《あき》れる。マジでピンキリだ。

「良いのがあったか？」

ジャックもこちらにやってきて聞いてくる。

「……この店、大丈夫か？　この杖、金貨三枚じゃすまないぞ。多分、三桁《けた》はいく」

店主に聞こえないように言う。

「……マジか。買え、買え。他にも良いのがあれば俺が買い取ってやる。後で大きな町で転売する」

杖を何本も持って動けないし、ジャックに買い取ってもらう方がいいか。

「……これとこれ。あと、これだな。多分、二桁《ふたけた》だ」

「……さすがは本職のメイジだぜ。よし、買おう……店主、この四本をくれ」

小声で話していたジャックが店主に告げた。

「四本もか？」

「魔術師様はうるさいんだよ」

「そんなもんか……四本な。奥の連中と一緒に精算する」

「それでいい……やったな」

店主に答えたジャックが俺の方を向き、サムズアップしてくる。

「ああ……」

確かに儲《もう》かったが、この店、マジで大丈夫か？　価値がわからないなら杖なんか仕入れるなよ。

杖を買った俺達は二人を待っている間に売っている商品を眺めながら時間を潰《つぶ》していた。

「嬢ちゃん達はまだかね？」

ジャックが置いてある剣を眺めながら聞いてくる。

「あいつらは時間がかかると思う」

「都会の女はめんどくせーな」

それに頷《うなず》くことはできない。めちゃくちゃそう思っているし、早くしろよとも思っているが、頷かない。頷いたら何を言われるかわからないからだ。

「文句を言ったら『あなたのためにー』とか、『男はこれだからー』って言うらしいぞ」

陛下が言ってた。

「今後、絶対に使わないアドバイスをありがとよ」

そして、しばらくすると、リーシャとマリアがおばさんと共に奥から出てきた。

「お待たせ」

「お待たせして申し訳ありません」

リーシャは堂々と言い、マリアは申し訳なさそうに言う。これが妻と言い張る婚約者と臣下の差である。いや、まあ、リーシャは子供の頃からこんなんだったし、性格の差なんだろうけど。

「思ったより早かったな」

もっと時間がかかると思った。

「他に言うことないの？」

ハァ……めんど。

「お前は何を着ても似合うから今さら言う必要がないと思ったんだ。たとえ、どんなに貧乏くさい格好でも輝く」

リーシャは白を基調としたぴっちりとした服であり、動きやすさを重視したのだろうが、身体《からだ》のラインがよくわかる。さすがのスタイルだ。また、スカートみたいなのを穿《は》いているが、短い。ま

あ、タイツを履いているし、問題はないと思う。

「褒め方が適当ね。それ、前にも聞いたわ。というか、貧乏くさい言うな」

使いまわしがバレたようだ。

「他に形容しようがないからな。しかし、その格好でいくのか？」

ちょっと煽情《せんじょう》的ではないだろうか？

「動きやすい方が良いわ。まあ、人前では外套を羽織るから大丈夫」

「店主、外套を。一番良いやつな」

すぐに店主に注文する。すると、すぐに店主が二つの外套を取り出し、カウンターに置いた。俺はそれを手に取ると、一つをリーシャに渡し、もう一つを持って、マリアのところに行く。マリアは期待しているような目で俺を見上げていた。

「お前は修道服よりそっちの方が良いな」

マリアはゆったりとした白いフード付きのローブだ。ザ・ヒーラーって感じがする。

「あ、ありがとうございます……」

まだ言うの？　めんどくせー第二夫人だわ。

「そうしていると、まさしく聖女だな。きれいだし、可愛いと思うぞ。ほら」

そう言って、外套を渡した。

「あ、ありがとうございます！　このマリア・フランドル、必ずや、で、ロイドさんの役に立ってみせます！」

家名を言うな。殿下って言おうとすんな。

「頑張れ」

やる気をそぐのは良くないと思い、頷きながらマリアの肩を叩《たた》く。

「お疲れさん。大変だねー……」

ジャックが笑いながらねぎらってきた。

「別に思ったことを言っただけだ」

ホントは脳をフル回転させた。

「そうかい。嬢ちゃん達は武器をどうするんだ？」

ジャックは俺の背中をポンポンと叩くと、リーシャとマリアに確認する。

「私は自分の剣があるからいいわ」

いや、それ、俺の……

「私は……どうしましょう？　武器なんてナイフくらいしか持ったことがないです」

飛空艇で自害しようとしたナイフな。

「ヒーラーっていったらメイスか？　メイス……」

ジャックがじーっとマリアを見る。メイスは鉄でできた殴打系の武器だ。マリアに持てるわけがない。

金貨三枚もするけど。

「マリアには無理だろ。というか、そいつに武器はいらない。安もんの杖でも持たしておこう」

「それがいいか。嬢ちゃん、あそこの杖から適当に選べ」

ジャックは店の端に残っている杖を指差した。

「どれがいいんですか？」

「知らん。旦那《だんな》に聞け。俺は会計をしておく」

ジャックはそう言うと、店主のところに行く。

「マリア、来い」

マリアと共に店の端に行く。

「……えへへ。リーシャ様に悪いですけど、結婚した気分です。第二夫人呼ばわりはあれですけど、悪くないですね」

マリアが小声で嬉しそうに笑った。

「フリでしょ」

「――ヒッ！」

なお、リーシャも普通についてきており、マリアの後ろにいる。

「あまりマリアを虐《いじ》めるなよ。お前、美人な分、怖いぞ」

マリアが小動物に見えてきた。

「虐めてないわ。友人だもの。ね？」

「はいっ！」

もうほっとこ。

「マリア、どの杖が良い？」

女の友情には関わらないようにし、マリアにどの杖が良いかを聞く。

「どれが良いんですか？　私にはさっぱりわかりません」

「どれも性能は一緒だ。そもそもお前は杖がなくても回復魔法を使えるし、歩く補助道具かとっさに叩く用にしろ。だから持ってみた感覚で選べ」

「ほうほう……」

マリアは樽の中に立てかけてある杖《つえ》を一本一本手に取ると、重さを確認したり、振ってみたりする。

「ねえ？　お金は大丈夫？」

リーシャが聞いてくる。

「臨時収入が入りそうだから大丈夫。でも、まあ、この村で豪遊は無理だな」

たとえ、いくら金があってもこんな村では豪遊できない。もうちょっと都会がいいわ。

「そうね。さっさとギルドに行って、大きい町に行きましょう」

俺とリーシャが話していると、マリアは杖を決めたらしく、それを持って、会計をしているジャックのもとに行った。そして、会計を終えた俺達は店を出る。

「ジャック、合計でいくらだった？」

「金貨五十枚ちょっとだな」

高いな、おい。

「内訳は……いい」

絶対にリーシャとマリアの服だろうと思い、聞くのをやめた。

「この杖は他で売れるんだな？」

ジャックは俺が目利きした三本の杖を持って、逆に聞いてくる。

「三本共、良いやつだ。魔法屋とやらに売れ。専門家ならわかってくれる」

「わかった。ここの料金は俺が払ってやる」

だったらもっと良い服を買えば良かったか？　まあ、どうでもいいか。

「じゃあ、高く売れても安く売れても恨みっこなしな」

「騙《だま》されてないことを祈るぜ」

「俺の目利きを信じな」

「そうするわ」

うんうん。俺は優秀な魔術師だから大丈夫。

「じゃあ、ギルドに行こうぜ」

「そうだな。こっちだ」

ジャックが頷き、歩いていったので、服と装備を新調した俺達三人も歩き出す。そのまま村を見渡しながら歩いていると、ジャックも村や農作業をしている人々を見渡していた。

ジャックは家を見たり、人をじーっと見たりしている。こいつは……

ある懸念が生まれたが、まあ今はいいかと思い、舗装もされていない道を歩いていった。すると、剣が交差している看板がついている建物の前にやってくる。

「ここがこの村のギルドだ」

ジャックがそう言って建物を見るが、だいぶ小さい。さっきの店の半分もないだろう。

「小さくないか？　その辺の民家より小さいぞ」

「ギルドはギルドだが、出張所だよ。こんな辺境の地にギルドを置いても儲かりはせん。とはいえ、大森林が近いし、一応、設置しておかないと万が一のことがあった時に対応が遅れる」

対応？　山火事か何かか？　こんな村が潰れてもたいした被害はないと思うけどねー。

「ふーん。暇そうな職場だな」

「だろうな。とはいえ、依頼もできるし、冒険者の登録もできる……入るぞ。あ、余計なことをしゃべるなよ」

「わかってるよ」

俺達はジャックを先頭に建物に入った。建物の中は数人程度しか入れそうにない広さであり、ぶっちゃけ、ウチのトイレの方が広い。まあ、さすがにこれは言えない。

「よう、暇そうだな」

ジャックが受付で暇そうにしている若い女性に声をかける。

「あ、ジャックさん、お帰りなさい。もう終わったんですか？」

「まあな」

「さすがはAランクですねー」

仕留めたのは俺だぞ！

「とりあえず、これが討伐の証《あかし》だ……って、渡してたわ。おい、魔石をちょっと貸してくれ」

ジャックが振り向き、俺に頼んでくる。俺はさっきの店で買った肩にかけるカバンからジャイアントベアの魔石を出し、ジャックに渡した。ジャックは俺から魔石を受け取ると、すぐにギルドの職員に見せる。

「確かにジャイアントベアの魔石ですね。一頭でした？」

「ああ、巣穴もあったが、つがいではない。それにオスだったし、子供はいないだろう」

そういうのも確認してたんだなー。気付かんかった。

「わかりました。では、依頼はオッケーです」

「ああ。それと肉なんかの素材を買い取ってくれ」

「わかりました。提出をお願いします」

ギルド職員とジャックが精算を始めたので俺はギルド内を見渡す。すると、壁に紙が貼りつけてあったので見てみることにした。

【薬草の採取　銅貨一枚】

【ゴブリンの駆除　銅貨五枚】

【狼の駆除　銀貨一枚】

【ジャイアントベアの駆除　金貨十枚】

ふーん……これだけ？

「ジャイアントベアだけ浮いてるわね」

「ですねー。リーシャさんが何匹かゴブリンや狼を倒しましたし、その分のお金はくれないんですかね？」

依頼票と思《おぼ》しき紙を見ていると、リーシャとマリアも覗《のぞ》いてきた。

「多分、討伐証明の魔石がいるんだろ。銅貨五枚や銀貨一枚のためにいちいち解体するのは面倒だわ」

ここに来るまでにジャックもゴブリンや狼を倒していたが、完全に捨てていた。割に合わないのだろう。

「そうなると、薬草も安いですし、狙うとするとジャイアントベアですかね？」

「もう終わったやつだがな」

つまりここでやる仕事はないわけだ。うん、ここに滞在する理由はないな。そして、こんなやることがないところになんで伝説のAランク冒険者がいるのかねー？　たいして稼げないし、冒険記なんか書けないだろうに。

「おい、終わったぞ」

俺達が依頼票を見ていると、ジャックが俺の肩に手を置いた。

「いくらだ？」

「ほれ、金貨八枚だ」

「そんなもんか？」

「いや、かなり安い。大きな町だったら倍にはなっただろう。だが、これぱっかりは仕方がない」

まあ、こんな村ではしょうがないのだろう。

「それでいい」

「じゃあ、ほれ」

ジャックはそう言って、小袋を渡してくる。中身を確認すると、確かに金貨が八枚入っていたのでカバンに入れた。

「ん。確かに」

これでジャイアントベアの魔石が金貨三十枚で売れたら金貨三十八枚だ。

うーん、貧乏……豪遊はやめた方がいいな。情けないが質素にいこう。甲斐性《かいしょう》のない旦那ですまんな、第一夫人、第二夫人。

「じゃあ、冒険者登録をするぞ」

「ああ」

依頼票を見ていた俺達三人はジャックと共に受付に向かう。

「こいつらの冒険者登録を頼む」

「はい。ところで、さっきから気になってたんですけど、どちら様です？　この村の人じゃないですよね？」

まあ、聞いてくるわな。

「俺の知り合いのガキだ。詳しくは聞くな。駆け落ちだとよ」

「あー……なるほどー」

受付嬢が好奇な目で俺達をジロジロと見てくる。多分、暇だからこういう話題が嬉《うれ》しいのだろう。女はそんなもんだ。

「最初の手助けくらいはしてやろうと思ってな。そういうわけだから登録を頼む」

「わかりました。では、まずはここに必要事項をご記入ください。文字は……書けますよね？」

受付嬢は俺達を見て、文字が書けると判断したようだ。

「書ける。よこせ」

紙を受け取ると、内容を見てみる。リーシャとマリアも俺の後ろに回り、一緒に見だした。紙に書かれた項目は名前と年齢、性別に加えて得意分野を書く欄がある程度だ。

「これだけでいいのか？」

「はい。あまり詳しくしても嫌がられる方も多いですし、嘘をつかれることもあります。ですので、その程度にしています」

ふーん、これだったらマジで犯罪者でも冒険者になれるな。そりゃ、ならず者が多いわけだわ。

「得意分野とは？」

「そこを書いていただけると、こちらから仕事を振りやすくなり、アドバイスもできます」

「強制依頼はあるか？」

嫌だぞ。

「非常事態になると、一応、そういうことになりますが、従ってもらえるかは微妙ですね」

「非常事態？」

「災害時の人命救助やモンスターのスタンピードが発生したとかですね。まあ、皆さん、逃げられると思いますけど……」

信用ないな。でも、そうなると思う。俺だって、自国なら参加するが、他国とかならどうでもいい。この国に至っては滅んだら楽だなとすら思っている。

「まあ、わかった。まとめてでいいか？」

「はい。五名まではまとめて提出が可能です」

そう言われたので自分の分とリーシャとマリアの分もまとめて書くことにした。名前はファミリーネームを書かず、ファーストネームだけ、年齢は普通に十八歳と書く。そして、得意分野のところで手が止まった。

「ジャック、素直に書いていいものか？」

先輩にアドバイスを求めることにする。

「いいぞ。お前さんは魔法でいい。あと、ちっちゃい嬢ちゃんは回復魔法って書いとけ。メイジやヒーラーは貴重だからそれだけでギルドからの使い捨てがなくなる」

「使い捨て？　そんなことがあるのか？」

受付嬢が睨《にら》んでるぞ。

「言い方を悪くしたが、似たようなもんだ。冒険者は数が多いし、いちいちそれぞれの能力を把握できない。そうなると適当に仕事を振ることもある。だが、貴重な技術を持った奴らにはギルドも配慮するんだ。その筆頭がお前らみたいなのだな」

ふむふむ。エーデルタルトではまったく評価されなかった俺の魔法が他国では評価されるわけだ。亡命しようかな？

「なるほど……リーシャ、お前の特技はなんだ？」

「ふっ」

リーシャが手できれいな髪を払った。

「美人って書けばいいのか？」

確かにエーデルタルトでは絶世の令嬢と評判だが……

「意味のないことを書くな。娼婦《しょうふ》にでもなる気か？　絶世の嬢ちゃんは剣術って書け。実際、すごいわけだし」

どうでもいいが、絶世の嬢ちゃんって笑える。

「じゃあ、そうするか……」

得意分野の欄にそれぞれ、魔法、剣術、回復魔法と書き、受付嬢に提出した。

「はい、確かに。有望なパーティーですねー。では、これをどうぞ」

受付嬢は頷《うなず》くと、三枚のカードを渡してきた。

「何これ？」

「冒険者カードです。後ろに自分の名前を書いておいてくださいね」

そう言われて裏を見ると、確かに名前を書く欄がある。ついでに言うと、Fって書いてある。

「Fランクってことか？」

「ですね。依頼達成を重ねていくと、ランクが上がります。ここで注意です。ランクは別の町のギルドに行っても変わりませんが、依頼の蓄積はクリアされます。ですので、例えばですが、依頼を九十九個クリアし、あと一個で次のランクになるっていう時に移籍をされると、また一からやり直しになりますので注意が必要です。まあ、多分、そのギルドが忠告はしてくれると思います」

ふーん。

「Aランクにしろ。俺にFランクは似合わん」

「無茶を言わないでくださいよー」

冒険者受付嬢は冗談だと思ったらしく、笑顔で返す。本気だったんだが……

「ランクが上がると良いことがあるのか？」

「色々あります。まずは信用です。ぶっちゃけ冒険者はロクでなしが多く、信用がありません。ですが、高ランク冒険者は信用があり、貴族なんかの大口顧客から仕事が来ることもあるんです」

「それだけ？」

貴族の仕事はノーだぞ。

「他にもギルドから良い仕事が来やすくなりますし、再就職にも有利です」

魅力を感じないなー。まあ、適当にやるか。

「了解」

「では、頑張ってください。早速、依頼を受けられますか？」

「いや、ロクな依頼がないから別の町に行く」

というか、宿屋もなさそうな村だし、長居はしたくない。

「早いですねー……移籍の最速記録です」

だろうな。

晴れて王子様や貴族令嬢から冒険者にランクダウンした俺達はギルドを出た。

「ジャック、ここから近い大きな町ってどこだ？」

移籍することにしたので詳しそうなジャックに聞いてみる。こんな田舎《いなか》は嫌なのだ。

「近いのはリリスの町だな。そこそこ大きいぞ」

リリス？　どっかで聞いたことがある名前だな……あ、俺はそこの町の商人のバカ息子って設定だったわ。確か、ジャックがユニコーンがどうたらこうたらって嘘八百な話を門番にしていた。

「じゃあ、そこか……リーシャ、マリア、そこでいいか？」

「リリスねー……どっかで聞いたことがあるような……」

リーシャが悩みだした。

「さっきジャックが言ってただろ」

「いや、その時から思ってたのよ。どこかで聞いたことがある気がする」

そうなのか？

「そこって何かが有名だったりするのか？」

ジャックに聞いてみる。

「いや、そんなことはないが……特に名産があるわけでも観光名所があるわけでもない」

「ふーん……」

じゃあ、何だ？　エーデルタルトにリリスっていう名の町はないしな……俺は自国の町の名前はすべて覚えさせられているから間違いない。似たような名前もなかったと思う。

「いや、まあ、いいわ。私はどこであろうと、あなたについていくだけだし、問題ないわ」

「私もです」

良い嫁と臣下を持ったなー。まあ、正式に言うと、嫁でもないし、臣下でもないけど。

「ジャック、俺らはリリスに行くわ。お前はどうするんだ？」

「俺も途中まではついていってやる、別の仕事があるから道中でお別れだな」

リリスまではついてこないか……まあ、伝説の冒険者は伝説を作らないといけないから忙しいのだろう。

「わかった。じゃあ、行こうぜ」

「あ、待った。お前らは先に門のところ……いや、門の先で待ってろ。俺はちょっと準備がある」

準備ねー。そういや、さっきの店でものを買ったのは俺達だけだったな。こいつも準備がいるか。

「わかった。じゃあ、先に行ってるわ」

「ああ。そんなに時間はかからないから嫁達と駄弁《だべ》ってな」

うーん、もう嫁ってことにした方が良いかもしれんな。その方がまだリーシャやマリアに悪い虫がつかないかもしれない。

「はいはい。じゃあ、また後でな」

俺達はジャックと別れると、三人で門に向かった。門の前では、さっきもいた門番が暇そうにしており、俺達、というか、リーシャやマリアをジロジロと見てくる。

ジャックが門の先って言い直したのはこういうことね……

なるほどなーと思いながらリーシャとマリアを連れて、門を抜けると、少し距離を置き、ちょうどいい木陰ができている木の下で立ち止まった。

「さて、ここまでは非常に順調だな」

立ち止まり、振り向くと、二人に告げる。

「ええ、そうね。徴発もせずに済んだわ」

「えー……本当にする気だったんですかー?」

あの状況じゃ、しなきゃ飢え死にだっただろ。まあ、俺の睡眠魔法で眠らせて、こっそり盗む程度で終わらせるつもりではあった。

「必要とあらばする。その価値もない村だったが……」

「そうね。貧しすぎて得るものがないわ」

「こういう時だけ息がぴったりですね……」

子供の頃からの付き合いだから……

「敵国であるテールに遠慮はいらん」

「まあ、それはそうですけど、リスクを負うべきではないと思います。殿下はもちろんですが、私達なんて捕まったらシャレになりませんよ。即自害です」

王族の俺と貴族のお前らだもんな。

「ジャックに会えたのは幸運だったな」

「ですねー。私の運も良くなったのかな？」

マリアがそう言うが、お前が指差した方向にはジャックはいなかっただろ。

「マリアの運はどうでもいいけど、このままジャックにリリスまで連れていってもらえると良かったんだけどね」

「まあ、さすがにそれは頼りすぎだろう。ここまででも十分だ」

「あの、ところで、ジャックさんって信用できるんですか？」

こいつは何を言っているんだ。

「ジャック・ヤッホイだぞ？」

「伝説の冒険者よ？」

な？

「また息ぴったり……いや、私は存じ上げない方なもんで……確かに本は面白かったですけど」

「さっきギルドの受付嬢が言ってただろ。Aランクはそれだけで信用があるって」

しかも、本まで出している伝説の冒険者だ。

「言ってましたね……殿下がそう言うなら私はこれ以上、何も言いません」

そうしなさい。

「まあ、怪しい点もあったけど、スルーね」

「怪しい点……ですか？」

絶世の嬢ちゃんね。他にもところどころ……

「まあいいだろ。助けてもらって色々と教えてもらったわけだ。恩人を疑うな」

「わかりましたー」

マリアは納得したようだ。

「それよりもマリア、悪いが、お前は第二夫人ということにしてくれ」

「それはまあ、いいですけど、なんでです？」

「別の冒険者とやらに絡まれそうだ。リーシャは俺の婚約者だとしてもお前はフリーなわけだろ？　変なのにナンパされるかもしれん」

マリアは対抗手段がないからちょっと危ない。

「というか、ナンパで済めばいいわね」

リーシャが脅す。

「た、確かに！　では、私は殿下の第二夫人ということで！」

「良い人とやらが見つかったら言えよ。俺やリーシャがちゃんと説明してやるから」

王子様とその婚約者が証明したら大丈夫だろ。多分。

「お願いします！」

マリアが頷いたところで村の門から出てくるジャックが見えた。ジャックは俺達を見つけると、すぐにやってくる。

「待たせたな」

「いや、たいして待ってない。早かったな」

「たいした準備じゃなかったからな。じゃあ、行こう。今からだったら明日の日が暮れる前には着けるだろう」

一泊は野宿か。嫌だが、まあ、仕方がないだろう。

「ちなみにだが、歩きか？　馬車とかないのか？」

「定期便の乗合馬車があるが、この村は十日に一回だな。馬車が良いなら数日はここに滞在だ」

「歩こう。こんなところに何日も滞在する気はない」

やることねーし、つまんねーわ。何よりさっさとテールを脱出したい。

「だろ？　行こうぜ」

俺達はリリスに向けて出発することにし、舗装はされていないが、そんなに荒れてもいない道を歩いていく。

「森の中よりかは何倍もマシだな」

「そりゃな。よくあんな格好で森を歩けたもんだ」

「もう森はいい。朝起きたら熊におはようって言われたくない」

あれはマジでビビった。

「そりゃそうだ。まあ、安心しろ。ここからは滅多にモンスターは出ないし、平和なもんだ」

「ここなら出てくれた方が良いがな」

開けているし、俺の魔法を生かせる。ジャイアントベアでもなんでもいいから金になるモンスターが出てほしい。

「お前らは実力があるからすぐに稼げるよ」

そうだと嬉《うれ》しいわ。

俺達は平和な道を歩き続け、リリスを目指す。道中、疲れたりすることもあったが、適度に休んだし、マリアの回復魔法があったため、特にトラブルもなく進んでいった。そして、そのまま歩いて進んでいくと、空が茜色《あかねいろ》に変わりだし、辺りが少しずつ暗くなってくる。

「そろそろだな……」

ジャックがふと、つぶやいた。

「何がだ？」

「そろそろ野営の準備をしよう」

「まだ行けるんじゃないか？」

「暗くなってからの準備では遅いんだ。その前に準備し、ゆっくりするのがセオリーだ」

なるほどね。軍もそうするようだが、冒険者もか。

「わかった。どうすればいい？」

「道を少し逸《そ》れたところでキャンプだな」

ジャックがそう言って、道から外れた。俺達はシロウトなので素直にジャックについていく。

「このあたりだな」

「どうすんだ？　焚火《たきび》でもするのか？」

「だな。お前ら、適当な枝を拾ってこい」

ジャックにそう言われたので周囲を見る。

「木がないが？」

草原が広がるばかりで木があまりない。あっても数本であり、枝は落ちてなさそうだ。

「な？　こういうこともある。お前ら、テントはあるか？　食料はあるか？」

……ないな。

俺達は準備を整えたと思っていたが、全然だったらしい。

「失敗だったか……」

「お前ら、森で野宿をしたっぽいが、森は木が多いから燃料はいくらでも手に入る。でも、そういうところばかりじゃない」

ジャックは多分、わざと説明しなかったんだろうな。

「確かにそうだな」

「テントもないだろ。雨が降ったらどうすんだ？」

「まったくもってその通りだな」

風邪を引く。というか、死ぬな。

「こういうことは誰も教えてくれない。身をもって経験するもんなんだ。でも、それで死ぬ奴もいる」

「うむ」

「ハァ……まあ、俺がいて良かったな」

こいつ、マジで良い奴だな。冒険者なんかならず者の集まりだと思っていたが、Aランクになると全然、違うわ。

「そうだな。感謝しよう。お前が職を失って途方に暮れてたら庭師かなんかで雇ってやろう」

ウチの城、広いけど。

「ありがとよ。一から説明してやる。まず、焚火は必須《ひっす》だ。身体《からだ》を温められるし、明かりになる。何よりも肉を焼ける」

それはわかる。

「木がない場合はどうするんだ？　焚火程度なら魔法でどうにかなるが」

魔法を使えない者もいる。それに俺だって、そこまでの魔力が残っていない可能性もある。

「あまり無駄に魔力を使うな。お前らは見張りができないから寝る時に使え。気配を消す魔法は使えるか？」

「それは使える」

城を抜け出すのに必須だったからだ。

「それは良い。それがあればまず問題ない。焚火だったな。これを使う」

ジャックはそう言うと、四角い黒い物体を取り出した。

「なんだそれ？」

「これは固形燃料という長い間、火を留《とど》めてくれるマジックアイテムだ。安価だし、ギルドでも町の雑貨屋でも買える。冒険に出る時は絶対に買っていけ」

ジャックはそう言うと、固形燃料とやらを地面に放り投げた。

「これに火をつければいいのか？」

「ああ、やってみろ」

ジャックに言われたため、地面に落ちている固形燃料に向けて弱い火魔法を放った。すると、固形燃料はすぐに燃え広がり、あっという間に焚火ができる。俺達はその焚火を囲むように座った。

「すごいな」

世の中にはこんなに便利なものがあるんだな。まったく知らなかった。

「ああ。しかも、これは多少の雨ならものともしない」

それは確かに必需品だろう。

「次に食料だ。お前らは狼を食ったんだったな？」

「だな。不味《まず》かった」

「まあ、そうだろう。それでも塩胡椒《しおこしょう》があれば何とかいける。問題は獲物が獲《と》れなかった時だ」

「そもそもいないな」

これまで狼どころかゴブリンにも遭遇しなかった。

「そういうことはよくある。その場合は携帯食料だ」

ジャックはそう言って、カバンから色々と取り出す。

「干し肉、ドライフルーツ……まあ、色々とある。好きなのを買えばいい。日持ちするのにしろよ」

ジャックはそう言って俺達に食料をわけてくれる。

「さっき言っていた準備ってこれか？」

「そうだ。俺の分はあるが、お前らの分はない。だからわざわざ用意してやったんだ」

もうジャック様って呼ぼうかな？

「悪いな。庭師ではなく、衛兵にしてやろう」

「ありがとよ。あとテントだが、これも用意すべきだ。とはいえ、嵩張《かさば》る。魔法のカバンがないなら野営自体を控えるということも頭に入れておけ」

そうなるか……

「晴れの日に行けばいいんじゃないか？」

「お前、嫁さんに外で寝ろって言う気か？」

ないな。

「なるほどな」

「どっかに移動するなら乗合馬車を使え。あれなら馬車の中で寝られる」

それはそれで嫌だな。

「他にいるものはあるか？」

「いっぱいあるが、とりあえずはそのくらいだ。お前らはメイジとヒーラーが揃《そろ》っているから当面は問題ない。後は経験して学んでいけ。あと、ギルド職員に聞け。ついでにアドバイスだが、リリスのギルドに着いたらブレッドという男に受付してもらえ。間違っても若くて美人の受付は避けな」

若くて美人の方が良くないか？

「なんでだ？　リーシャが剣を抜くからか？」

こいつ、昔から店とかでも営業スマイルをしてくる店員を睨《にら》んでいた。

「いや、抜くなよ……ブレッドは経験豊富なベテランだ。逆に若くて美人な受付嬢は経験が浅い。しかも、男の冒険者達にちやほやされているから対応がいい加減なんだ。シロウトはシロウトらしくベテランを頼れ。それとも絶世の嬢ちゃんを差し置いて美人がいいか？」

そう言われてリーシャを見る。リーシャは若干、俺を睨んでいる。

「いや、リーシャに比べたら若くて美人の受付嬢とやらもその辺の町娘だろう」

そう言うと、リーシャは満面の笑みとなり、ドライフルーツを食べだした。なお、マリアはそんな単純なリーシャを見て、呆《あき》れている。

「既婚者は大変だねー……まあ、そういうわけだからブレッドにしな」

「わかった」

「じゃあ、俺の講義はこの辺までだ。適当に食べて、休んでくれ」

ジャックはそう言うと、カバンを背負い、立ち上がった。

「どっかに行くのか？」

「ちょっと仕事だよ。お前らは先に寝てな。あ、気配を消す魔法を忘れるなよ」

ジャックはそう言うと、来た道を引き返していった。

「あいつ、ものすごく親切な奴だなー」

「聖人ね」

「良い人すぎて怖いです」

Aランクってこんなのばっかりなのかね？

「やっぱり執事にしてやろう」

好待遇で迎えてやろうではないか。

「執事は無理じゃない？　というか、絶対に嫌がりそう」

「だろうな。それにしても干し肉って結構美味《うま》いな……」

多少、塩辛いが、悪くない。ただ、マリアの家のワインが欲しい。

「ドライフルーツも美味《おい》しいわ」

「ですねー」

二人の感想を聞いて、ドライフルーツを食べてみるが、口の中に甘さが広がり、普通に美味しかった。

「悪くないな……俺も従軍経験があるが、よく考えたら至れり尽くせりで何もしなかったなー……」

普通にステーキ食べて、ワイン飲んで、簡易ベッドで寝てた。

「私達は野宿の経験すらなかったわよ」

今思うと、最初の野宿が昨日のあれで良かったのかもしれん。間違いなく、あれを下回ることはないだろうし、今だって、十分に幸せに感じられる。底辺の後は上がるだけなのだ。

「明日はベッドで寝られますよね？」

マリアが聞いてくる。

「明日にはリリスの町に着くらしいし、宿屋だな。といっても、悪いが、高級宿屋はなしだ」

「それは仕方がないわ。お金がないんだもの」

「私はベッドさえあれば、別に高級宿屋じゃなくてもいいです」

俺は高級宿屋がいい。

「それとマリア、悪いが同室な。二部屋も借りる余裕はない」

すまんな。

「ですよねー……まあ、第二夫人だけ別室って思われると、みじめになるんでそれでいいです」

確かによそから見たら可哀想と思うかもしれん。

俺達はその後も今後の話をしながら携帯食料を食べ続けた。そして、夕食を食べ終えたのでテントで休むことにする。

「テントねー。私、初めてだわ」

「俺もだな。まあ、昨日のジャイアントベアの巣穴よりかはマシだろ」

「まあね」

俺とリーシャはテントに入り、横になる。

「あのー、狭くないです？」

いまだに外にいるマリアがテントの中を覗《のぞ》き込みながら聞いてくる。

「しゃーないだろ。でっかいテントは嵩張るし、こんなもんだろ」

「狭い方が暖かいわよ」

公爵令嬢とは思えないセリフ。

「私もここで寝るんですか？」

「外で寝る気か？　遠慮するなって」

「いや、同衾《どうきん》……」

気にする奴だなー。まあ、それが普通なんだろうけど。

「リーシャを真ん中にすればいいだろ」

「ハァ……？」

マリアは首を傾《かし》げながらもテントの中に入ってくる。

「狭いわね。マリアが小さくて良かったわ」

マリアがリーシャの横に寝転ぶと、リーシャが俺の方に身を寄せてくる。

「狭いですー。絶対に良くない距離ですー」

うるさいなー。

「最悪はもらってやるから我慢しろ」

「妾《めかけ》かー……でも、殿下が王様にならなかったら側室になれますかね？」

マリアがリーシャに聞く。

「いけるんじゃない？　副王は継ぐものがないし、辺境のミールならご自由にどうぞ、でしょ」

「ミールは嫌ですー」

「私もよ」

俺もだよ。

「ちなみにですけど、王子様ってどんな生活なんです？　ちょっと気になります」

俺の生活か……

「昼に起きて、豪勢な昼食を食べる。午後から仕事と勉強をして、夕方になったら豪勢な夕食を食べる。夜は魔法の研究かリーシャと会う。それの繰り返し」

「いいなー……ほぼ趣味とリーシャ様との密会じゃないですか」

密会言うな。普通にお茶を飲んだり、話をしたりとかそういうのだよ。それに仕事も勉強もしてるわ。

「王族なんてそんなものだ。あーあ、昼まで寝て、魔法の研究をする生活に戻りたい。何が悲しくてこんな狭いテントに三人で寝なければならないんだ」

寝返り打てるか？

「それは私のセリフです。あなた方は婚約者同士なんですからいいじゃないですか……あ、でも、側室になったら私もそういう自堕落な生活が送れるのか……」

「ミールでか？」

「王都が良いですー」

「私もよ」

俺もだよ。やはり理想は王都で適当な地位に就いて、税金で豪遊だな。もしくは、ウォルターか……どちらにせよ、魔法の研究をしながら怠惰な生活を送りたいわ。

「ハァ……寝ようぜ」

「そうね」

「おやすみなさい」

俺達は狭いテントの中で我慢して寝ることにした。

俺は暑苦しさで目が覚めた。テントの入口から光が少し入ってきており、もう日が出ていることがわかる。リーシャを引きはがし、上半身を起こして、マリアを見る。マリアは幸せそうにリーシャに抱きついて寝ていた。

よし！　マリアが泣いてないし、今日の朝は平和だ！

今日は熊が出なかったなーと思いながら寝ている二人を放っておいて、テントを出た。すると、ジャックが焚火《たきび》の前に座っていたので俺も焚火のところに行き、腰かける。

「おはよう。よく眠れたか？」

「寝た。昨日よりかは何倍もマシだからな」

「だろうな」

ジャックがくっくっくと笑う。

「腹が減ってないか？」

「減った。携帯食料って美味いけど、量がないな」

「そうなんだ。だからあれに頼りすぎるな。実は腹持ちする携帯食料もあるんだが、お前さん達には無理だ。俺ですら水で流し込むレベルの不味さだ」

それは無理だな。マリアでも無理だろう。

「やはり獲物を獲るべきか？」

「ああ、そうだ。見ろ」

ジャックはそう言うと、うさぎの後ろ足を持って、見せてくる。

「うさぎじゃん。よく獲れたな」

「寝る前に罠《わな》を張るんだよ。運が良ければ朝にはかかってる」

へー……冒険者の知恵ってやつかね。

「罠も売ってんの？」

「売ってる。俺は自分で作るが、お前らは買え。絶対に失敗するからな」

だろうよ。いや、そういう魔法を作るか？　まあ、余裕ができてからだな。

「金がかかるなー」

「大した額じゃない。それよりも嵩張るのが問題だ。お前らの最大の弱点はそこになる。荷物持ちがいない」

マリアもリーシャも無理。俺しかいない。

「考えておくわ……」

やはり空間魔法を覚える必要がありそうだ。

「そうしろ。嫁さん達を起こしな。うさぎは美味いぞ」

それは知ってる。

ジャックが準備を始めたので立ち上がると、テントに戻り、二人を起こした。そして、朝食のうさぎ肉を食べ、準備を終えると、リリスの町に向けて出発する。この日もトラブルもモンスターに遭遇することもなく、進んでいった。

「……この辺だな」

昼を跨《また》ぐくらいでジャックがふいに足を止め、つぶやいた。

「んー？　昼飯か？」

「違う……いや、昼飯でもいいか。ほれ、やるよ」

ジャックはそう言って、携帯食料を配る。

「悪いな」

「ありがと」

「感謝ですー」

俺達はそれぞれ礼を言う。

「気にするな。杖《つえ》で儲《もう》けが出るって信じているからよ。じゃあ、ここでお別れだ」

ジャックはそう言うと、カバンを背負った。

「ん？　ここでか？」

「ああ、別の仕事だ」

「そうか」

まあ、仕方がないか。

「よーわからんが、頑張れよ」

「それは絶対に俺のセリフだよ」

ジャックが苦笑した。

「まあな。ここまで助かった。この恩はいつか報いよう」

代表して礼を言う。

「その言葉、忘れるなよ……じゃあな。このまままっすぐ行けば、リリスだ。この辺から他の冒険者や旅人とすれ違うこともあるだろうが、トラブルは避けな。自分達の立場を忘れるな」

「極力、そうする。向こうからトラブルふっかけられたら消し炭にするが」

「それでいい。冒険者は舐《な》められたらダメだからな。まあ、冒険者に限らんがね」

ジャックはくっくっくと笑うと、来た道を引き返していった。

「ここまでついてきてくれただけだったんですね」

来た道を引き返すっていうことはそうだろう。

「主とやらに感謝しな」

「いや、普通にジャックさんに感謝ですよ」

まあな。

俺達はジャックにもらった携帯食料を食べると、出発し、リリスを目指した。ジャックが言うように俺達が歩いていると、人とすれ違うことが多くなってくる。冒険者らしき者、商人らしき者といった様々な人が歩いており、中には馬車も見かけるようになった。

「そろそろって感じかしら？」

「だと思う。軽装の冒険者もいたし、近いだろう」

軽装ということは泊まりではないということだ。

「殿下、リーシャ様。くれぐれもトラブルはやめてくださいね」

マリアが俺とリーシャに注意する。

「俺らがトラブルを招くのが先か、マリアがトラブルに巻き込まれるのが先か……」

「うーん……」

「ひどい！」

マリアが心外だという顔をする。

「だってねー……」

「昔から貧乏くじを引くのはマリアだろ」

「貧乏くじ……」

マリアは俺とリーシャを見比べた後、俺をじーっと見る。

「……何が言いたい？」

「いえ、私は忠実な臣下なので不敬なことは言いません」

言ってるぞ。誰が貧乏くじだ。

「殿下は貧乏くじではございませんわ。わたくしが選んだんです。そして、わたくしという最高の当たりくじを引いたのだから当然です」

リーシャが手で髪を払いながらお嬢様しゃべりで言う。

「……こいつ、なんでいつもこんなに自信満々なんだ？」

「……ご自分で絶世を名乗るくらいですし」

本当に当たりくじか？　絶世のリーシャだが、下水のリーシャでもあるだろ。

「何か？」

リーシャが真顔で俺を見てきた。

「いや、別に。口調を戻せ。あと、マリアもここからは呼び方に気を付けろ」

「わかってるわよ」

「大丈夫です」

少し心配だが、まあ、大丈夫か。

「じゃあ、行こう。久しぶりの都会だぞ」

「そうね。贅沢《ぜいたく》をする気はないけど、ワインが飲みたいわ」

「地獄からの生還パーティーです！」

まあ、ワインくらいならいいか。

俺達はその後も歩き続けると、夕方にはリリスの町に到着したのだった。

◆◇◆

私は執務室のデスクにつき、頭を抱えている。理由は明白である。私の愛娘であるリーシャとその婚約者であり、この国の王太子、すなわち次期王が行方不明になっているからだ。

「ハァ……」

一体、何が起きているんだ？　事態がまったく呑《の》み込めない。

私が悩んでいると、ノックの音が響いた。

「誰だ？」

『私です』

この声は妻のマルヴィナだ。

「入ってくれ」

そう言うと、マルヴィナが部屋に入ってくる。マルヴィナはいつものように美しいが、無表情だ。

「エリンの離宮でぼやがあったのは本当のようです」

マルヴィナが表情一つ変えずに淡々と報告してきた。

「そうか……」

「リーシャとロイド殿下は？」

今度はマルヴィナが聞いてくる。

「いまだに行方がわからん……」

「そうですか……心配ですね」

マルヴィナはそう言うが、まったく心配していなそうな口ぶりと表情だ。だが、マルヴィナは本当に心配していないというわけではない。昔からこういう女なのだ。結婚式でも笑わなかった女と評判になったくらいであり、最初は美人な分、ちょっと怖かった。さすがにもう慣れたが……

「どう思う？」

「放火したのはあの二人、もしくは、ロイド殿下でしょう。殿下は火魔法を得意としておられましたから」

そうだな……いつも自慢していた。前にこの屋敷に来られた時に『この家くらいなら灰にできるぞ。すごいだろ』と一つも笑えない冗談を言われたが、まさか離宮とはいえ、自分の王宮を燃やすとは……バカかな？

「何故《なぜ》、放火を？」

「それはあなたもわかっているでしょう。ロイド殿下は頭も良く、優秀な御方ですが、大人しい人間ではありません」

やはり廃嫡された腹いせか……リーシャもその場にいたんだろうな。あの子はあの子でアレだし……

「くっ！　ことごとく、こちらの意に背くことをする王子だ！」

唯一、意を汲んでくれたことといえばリーシャを選んでくれたことだけだ。

「仕方がありません。殿下は優秀すぎるのです。多分……いや、絶対に周囲の者を無能と思っているでしょう」

「魔術師はそういうところがあるからな」

だから魔術師は嫌なんだ。まあ、殿下はそれ以前な気もするが……

「愚痴っても仕方がない。我らスミュールはあの殿下についたんだ」

ウチの至宝までくれてやった。

「そうですね。しかし、廃嫡ですか…………陛下とは？」

「まったく取り合ってくれん。面会すら拒否だ」

このスミュールを舐めているのか？　何人もの王妃や宰相を輩出したこの国一番の名家だぞ。

「それは…………では、いかがいたします？」

「すでに他の貴族に意見状や諫言状《かんげん》を書くように伝えてある。絶対に認めるものか！」

もっとも、イアン殿下の派閥貴族共は書かないだろうが……

「それはそうするべきでしょう。しかし、いくらなんでも殿下が廃嫡されるのはおかしいです。宰相様は何と？」

「しどろもどろで話にならん。あれは宰相殿も何も聞かされておらんな。まさか国家の大事を重臣達どころか宰相殿にすら相談もせずに決められるとは……」

ありえんぞ。

「このままだと内乱もありえますね……」

内乱？　何を言っている？

「当然だ。たとえ、我が家が潰《つぶ》れようが、国が分かれようが断じてロイド殿下の廃嫡など認めん。殿下が愚か者ならまだ納得しよう。だが、殿下はそうではない。はっきり言うが、イアン殿下や陛下よりもずっと優秀だ」

ロイド殿下は性格に難があるし、武術だって不得手だ。それに人に興味を示さないし、怪しい黒魔術もしてるっぽい。そのくせすぐに人の娘に手を出す……いや、そんなことはどうでもいい。そんな小さいことはどうでもいいくらいには優秀なのだ。常に国家全体を見ているし、先見の明もある。それに決断力だってある。他に何を望む？

「さすがに不敬ですよ」

「知るか。このスミュールをコケにしおって。いくら陛下でもこのような独断が許されることではないわ」

「わかりました……しかし、そうなると問題は殿下とリーシャが行方知れずなことです」

それだ……それが一番の問題だ。

「あのガキ共め……いつまで経《た》ってもやることが子供なんだ」

何故、火をつける？　発想がおかしすぎるだろ。

「今さらそれを言っても仕方がありません。リーシャもですが、殿下も昔から突拍子もないことをする御方でした」

昔、殿下がまだ小さかった頃、マルヴィナの頬をつねって、『鉄仮面、笑えー』って言っていたことを思い出す。その場が凍ったかと思った。それぐらいにこのマルヴィナの無表情は圧があるのだ。まあ、それでもこの鉄仮面……いや、妻は笑わなかったが。

「まあな……さて、あの二人はどこに消えたか？」

さすがに死んではいないだろう。あの二人は系統が違うが、武に長《た》けているのは間違いない。それにしつこい……いや、根性もあるから地獄に堕ちても這《は》い上がってきそうだ。

「こうなっては殿下が頼るのはウォルターでしょう」

ウォルターは殿下の実の母である亡きオーレリア様の実家がある国だ。というか、オーレリア様はウォルター王家の姫君だったのだ。

「ウォルターか……戻ってくるか？」

「それは何とも……殿下は戻ろうとするかもしれませんが、ウォルター王家が殿下をエーデルタルトに返すとは思えません」

ウォルターと同盟する条件がウォルター王家に血を引く者を次の王にすることだった。それがオーレリア様の唯一のご子息であるロイド殿下だ。こんなことをしてしまっては同盟関係も危うい。ウォルターも優秀な一族を手放そうとはしないだろう。

「リーシャは？」

「あの子は平気で国や親を捨てます」

そういう子だからなー……殿下にぞっこんだし、考え方がドライだ。ウチの女はロクなの……いや、個性的だからな。まあ、別にそれでもいいんだが、放火を止めるくらいのことはしてほしかった。いや、リーシャは無理か……むしろ、あの子が放火したんじゃないかとすら思える。贔屓目《ひいきめ》に見ても美人だと思うが、性格がなー……

「なんとかウォルターに連絡を取るしかないな。宰相殿に頼んでみる」

「それがよろしいかと。私は派閥の者を纏《まと》めましょう」

この国の貴族女子は一体感が強いし、気も強く、夫への発言権も強い。目の前の妻もそうだ。それにマルヴィナに逆らう貴族女子はいない。

「頼む」

ハァ……傲慢《ごうまん》なロンズデール王家め……！　なんでお前らは昔から他人の言うことを聞かないんだ？

第三章　こういう生活も悪くない

到着したリリスの町は石造りの壁に囲まれたそこそこの大きさの町だったが、俺が住んでいたエーデルタルトの王都と比べるとショボい。とはいえ、昨日の名前すら知らない村からすれば天と地だ。

俺達は早速、町の中に入ろうと思い、門に近づいた。

「待て」

俺達が門を通ろうとすると、門番が俺達を止める。門番は昨日の門番と違い、鉄製の鎧《よろい》を着ており、装備は充実している。

「何か？」

「いや、見かけない顔だと思ってな」

門番はチラッとリーシャを見る。

あー……絶世だもんな。

「旅をしている冒険者だよ」

「冒険者？　そこの女もか？　とても冒険者には見えんぞ。おい、お前の名は？」

門番がリーシャにそう聞くと、リーシャがささっと俺の後ろに隠れた。リーシャは上流階級のお嬢様だからあまり他の男と話さないし、慣れてもいないのだ。まあ、こういうのは男の役目だろう。

「悪いな。こいつは恥ずかしがり屋なんだ。俺達はジャック・ヤッホイに憧《あこが》れててな。この辺りにいると聞いて、サインでももらおうと思ったんだよ」

適当に嘘をつこう。

「あー、そういうことか。ジャック・ヤッホイならちょっと前に町を出たぜ」

「マジか……まあ、仕方がないか。日も暮れるし、滞在したい」

「ああ、いいぞ。冒険者カードを見せてくれ」

そう言われたのでカバンから三人分の冒険者カードを取り出し、門番に見せた。

「確かに……ってか、全員、Ｆランクじゃねーか」

「俺は商人の子でな。昨日、冒険者になったばかりなんだ。魔法が使えるぞ。すごいだろ」

バカっぽく思われるためにわざと自慢しているが、実は本音だったりする。

「はいはい。そんな女を二人も侍らせて、道楽か何かか？　まあいい。ギルドは門をくぐって右にあるぞ」

「ありがとよ」

俺達は軽く頭を下げると、門をくぐった。

「……殿下、すごいです！　上手《うま》く誤魔化せました！」

門を抜けると、マリアが小声で称賛してくる。

「まあな。こういうのはバカを演じるのが一番だ」

まあ、村でのジャックの誤魔化し方を見て、参考にしたんだけどな。

俺達は門番から聞いた通り右に曲がり、歩いていく。すると、昨日の村でも見た剣が交差する看

板が見えてきた。

「リーシャ、お前はフードを被《かぶ》れ。お前の美しさは輩共《やから》にはきつい」

「……そうね」

リーシャは顔を少し赤くし、素直にフードを被った。

「……殿下、かっこいいです！　でも、私は？」

「お前は純朴で慎ましやかだから平気」

悪く言えば、都会っぽくない田舎娘《いなかむすめ》感がある。

「ですかー……第二夫人は扱いが悪いなぁ……」

かなり言葉を選んでやったのに……

「あなたにはあなたの良いところがあるわよ」

リーシャがマリアの背中をそっと触った。フードで顔が見えないが、絶対に勝ち誇った顔をしているると思う。

「ですかー……まあ、美人は三日で飽きるって言いま……せんでした。ごめんなさい」

女の友情ってひどいなー。

俺は無視することに決め、ギルドに向かう。ギルドに入ると、建物の中は広いホールみたいになっており、丸いテーブルが複数の椅子とセットになって置かれている。そこに身なりの悪い男達が座り、酒を飲んでいた。そして、奥には四つの受付があり、職員らしき三人の女と一人の男が座っている。

「ブレッドってどれだと思う？」

一応、二人に聞いてみる。

「一人しかいないでしょ」

「ですー」

だよなー……うーん、マジでおっさんじゃん。しかも、他三人の受付嬢は確かに美人だ。

「こりゃ、誰だって女のところに行くわなー」

「ロイドは行かないわよね？」

行かないっての。

「おっさんの受付に行くぞ」

受付嬢を見ないようにし、まっすぐおっさんのところに向かう。

「いらっしゃいませ」

俺達が受付にやってくると、おっさんは丁寧に挨拶《あいさつ》をしてきた。

「お前がブレッドか？」

「そうですね。私をご存じで？」

「ジャックからお前のところで受付しろって言われた」

「ほう……ジャック様から……」

ブレッドの目の色が変わった。

「ああ。えーっと……名前は知らんが、大森林近くのド田舎の村で冒険者の登録をしたんだが、移籍してきた」

「ハピ村ですね。ジャック様に会われたのならそこでしょう」

ハピ村って言うんだ……

「そうそう。俺らは冒険者になったばかりだから色々と教えてくれ。ついでに、楽して儲《もう》かる仕事をくれ」

ゴブリンや狼退治は面倒だし、金にならないから嫌。

「わかりました。とはいえ、今日はもう日が暮れます。仕事は明日にした方が良いでしょう。それまでにこちらで仕事を探してみます。冒険者カードを提出してください」

俺達はそう言われたので冒険者カードを提出した。ブレッドは俺達の冒険者カードを見ると、受付の下から分厚い本を取り出し、読みだした。

「少々、お待ちを……えーっと、魔法、剣術、回復魔法ですか……」

ん？　わかるのか？

「それに書いてあるのか？」

「はい。冒険者の情報はすべてのギルドに共有されています。逆に言うと、犯罪行為も共有されます」

犯罪をするなってことね。やっぱり徴発は厳しいだろう。

「ランクアップのポイントも共有しろよ」

確か、移籍するとリセットだったただろ。

「さすがにそこまでするとデータが膨大な量になりますんで……」

ブレッドはそう言いながら俺達に冒険者カードを返してくる。

「ふーん。まあいい。良い仕事はありそうか？」

「はい。魔法と回復魔法を使えるのは良いですね。明日までに見繕っておきます」

ふむ……使えそうな男だな。ジャックが言ってたことは本当だったか。やはり無能な美人より有能なおっさんの方が良い。

「わかった。では、明日また来る。ついでに良い宿を知らんか？　俺達は着いたばかりでこの町のことを知らん。あ、安めな」

王族が安宿を要求するなんて悲しいなー。

「えーっと、雑魚寝《ざこね》は……やめた方が良いですね。でしたら小鳥亭《ことりてい》が良いかと思います。少し古いですが、老舗《しにせ》の宿屋で信頼できますし、サービスもいいです」

雑魚寝の宿屋なんてあるんだ……リーシャとマリアがいるから絶対に無理だ。

「いくらだ？」

「一部屋でしたら銀貨六枚と記憶しています。夕食を宿で食べられるならそこに三人分の夕食代が追加されます」

うん……相場がわからん。まあ、有能そうなおっさんだし、従っておくか。

「わかった。場所は？」

「ギルドを出て、右にまっすぐ行くと、鳥の絵が描かれた看板が見えてきます。そこですね」

「じゃあ、そこに行ってみる。邪魔したな」

軽く手を上げるると、さっさとギルドを出る。そして、俺達はブレッドが勧めてくれた小鳥亭とかいう宿屋を目指して歩いていた。

「確かにベテランって感じだったわね」

歩いていると、リーシャが先ほどのやり取りの感想を漏らす。

「まあな。ああいう臣下が欲しいね」

丁寧だったし、言葉遣いもきちんとしていた。この町ではあの男を頼った方が良いだろう。

「あのー、ロイドさん……いえ、宿に着いてからにします」

マリアは何かを言いかけたが、途中でやめた。表では話せないことなのだろう。

俺達がそのまままっすぐ歩くと、鳥の絵が描かれた看板が見えてきた。ここで間違いないだろうと思い扉を開け、中に入る。建物の中に入ると、受付らしきところに若い茶髪の女の子が書き物をしながら座っていた。

「ここは小鳥亭で合っているか？」

受付まで行き、声をかける。

「あ、いらっしゃいませー！　ここが小鳥亭で合ってます。宿泊のお客様ですか？」

女はハッとして顔を上げると、営業スマイルで聞いてくる。多分、俺らと年齢はそう変わらないと思う。可愛《かわい》らしい見た目をしているが、マリアには劣る。だが、都会の女らしい華やかさがあった。

「マリア、俺の言いたいことがわかったか？」

「どうせ、田舎娘ですよー……ぶどうですよー……」

マリアが拗《す》ねた。まあ、どう考えても俺が悪い。

「あ、あの、お客様……？」

宿屋の女は意味のわからない俺達のやり取りに困惑しているようだ。

「悪い。こっちの話だ。泊まりたいんだが、空いているか？」

「はい。三名様ですね？　個室でしょうか？　三名様用の大部屋でしょうか？」

宿屋の女はすぐに切り替え、聞いてくる。

「いくらだ？」

「個室が銀貨四枚で三人部屋が銀貨六枚です」

やはり三人部屋がお得だな。

「三人部屋でいい」

「かしこまりました。ちなみに、お風呂《ふろ》付きの三人部屋は銀貨八枚ですけど、どうされます？」

女がそう言った瞬間、後ろからグイグイと引っ張られた。リーシャとマリアの両方だ。

「風呂付きにしてくれ」

まあ、俺もそっちが良い。

「わかりました。食事はどうされますか？　お任せコースの朝晩セットで銀貨一枚プラスです。三名なので銀貨三枚ですね」

銀貨十一枚……つまり金貨一枚と銀貨一枚か。

「それでいい。ワインもくれ」

「銀貨三枚追加ですけどよろしいです？　安いのだったら一枚ですけど」

「三枚のワインでいい」

今日だけだから贅沢《ぜいたく》しよう。しかし、銀貨三枚で贅沢なのが悲しい……マリアが配ってたワインなんか金貨三十枚らしいのに。

「かしこまりました。夕食は今の時間ならいつでもいいですので、あちらの食堂に行ってください。朝も同じ場所です」

女はそう言って、右奥を指差す。

「わかった」

了承すると、金貨二枚を受付に置いた。

「ありがとうございます。では、銀貨六枚のお返しです。食事やワインを追加注文される場合はその都度でお願いします」

女はそう言って、おつりの銀貨六枚を渡してくれる。

「ああ。荷物を置いたらすぐに食べたい……それでいいか？」

一応、後ろの二人にも確認する。

「私も食べたい」

「ですです。歩きっぱなしでしたし、たいした量を食べてませんし」

だよなー。携帯食料はやっぱり少ないわ。

「そういうわけだ」

「かしこまりました。では、こちらが部屋の鍵《かぎ》になります。左に進んでもらい、三番のお部屋です」

女が鍵を渡してきた。鍵があるのは嬉《うれ》しい。正直、期待してなかったし。

「はいよ」

鍵を受け取ると、左に進み、三番の部屋の前に来た。そして、鍵を使って扉を開き、中に入る。

「まあ、そこそこだな」

部屋の中はベッドが三つあり、丸テーブルと椅子が三脚置いてある。王侯貴族が泊まるような部屋ではない。しかし、屋根とベッドがあるだけで幸せに感じられる。

「ぼろっちいけど、老舗らしいし、仕方がないでしょうね」

「あなた方って貶《けな》さないと生きていけないんです？　普通に良い部屋じゃないですか」

いや、そんなことはない。普通に感想を言っただけだ。

「まあ、何でもいいわ。ベッドがあるだけで楽園」

「お風呂もあるから天国ね」

ホント、ホント。

「そうだ……やっとお風呂に入れる……ベッドで寝れる……」

うんうん。これまで辛《つら》かったな。

「その前に飯にしようぜ」

「そうね」

「人前で貶さないでくださいね」

しねーわ。

俺達は荷物を部屋に置くと、再び、受付に戻り、そのまま奥に行った。そこは確かに食堂になっており、テーブルと椅子のセットがいくつか置いてある。

「適当なところに座ってちょうだい」

テーブルを拭《ふ》いていたおばさんが俺らに気付き、声をかけてきた。

「どこでもいいのか？」

「まだ他のお客さんがいないからね」

確かにいない。ちょっと早かったか。まあ、他の宿泊者に遭遇したくないし、好都合と言えば好都合だ。

「ふーん」

適当なテーブルに行くと、椅子に座る。すると、リーシャが対面に座り、マリアがその隣に座った。

「お任せとワインのお客さんで良かったかい？」

おばさんが俺達のテーブルにやってきて聞いてくる。

「そうだ」

「はいよ」

俺達がそのまま待っていると、おばさんがワインとグラス三つを持ってきた。そして、すぐに料理も持ってくる。料理はサラダ、スープ、肉、パンだった。

俺はまず、ワインを開け、グラスに注ぎ、二人に渡す。そして、自分の分も注ぐと、グラスを持って掲げた。

「地獄からの生還に」

「生きる喜びに」

「平和に」

「「「乾杯」」」

俺達はワインを飲み、料理を食べだした。

「ふむ。朝晩で銀貨一枚だから安物なんだろうが、まあまあだな」

「そうね。でも、温かい料理ってだけで十分よ」

「ホントな。涙が出そう」

うん、美味《うま》い。これが人間の食事だろう。

「素直に美味《おい》しいって言いましょうよー」

「マリアの家のワインより美味いな」

ワインをぐいー。

「こんな銀貨三枚の泥水とウチのワインを比べるなー！」

マリアが怒った。さすがはぶどう令嬢だ。プライドがすごい。

「冗談だよ。干し肉やドライフルーツも悪くなかったが、やはり食事はこうでないとな」

バランスが大事。

「うん。美味しい」

リーシャも満足そうだ。まあ、狼肉を食べた俺達にとっては何でもご馳走《ちそう》である。

「最初から素直にそう言いましょうよ」

あくまでも素直な感想を言っただけ。

俺達は久しぶりのような気がするまともな食事とワインを堪能していく。そして、食事を終えた俺達は部屋に戻ると、風呂に入ることにした。なお、調子に乗って、ワインをもう一本買い、グラスと共に部屋に持ってきてある。風呂から上がったら飲むのだ。今日くらいはいいだろう。

「マリア、先に入れ」

ベッドに腰かけると、マリアに先に風呂に入るように言う。

「え？　私ですか？　殿下やリーシャ様がお先にお入りください。私は最後でいいです」

「いいから入れ」

「マリア、あなたが先よ」

リーシャもマリアに先に風呂に入るように言った。

「ハァ……お風呂から上がったら誰もいないなんていうのはやめてくださいよ」

しねーわ。どんなイタズラなんだよ。

「そんなことはせんからさっさと入れ。とはいえ、久しぶりの風呂だし、ゆっくりでいいぞ」

回復魔法を使っていたとはいえ、歩いて疲れているだろうから風呂でゆっくり癒《いや》すべきだろう。

「ゆっくり…………あっ……は、はい……ゆ、ゆっくり入ってきます」

マリアは頬を染めると、備え付けの風呂場《ふろば》に行ってしまった。

「ホント、そういうのが好きな子ね」

「いつものことだろ。それよりもリーシャ、町で俺らをつけている奴はいたか？」

リーシャには周囲を探るように言ってあった。

「いなかったわ。そっちは？　変な魔力は感じていない？」

「ない」

魔力の魔の字も感じなかった。

「追手はなさそうだし、ひとまずは安心？」

「一応な。気になる点がないこともないが、大丈夫だろう」

「そう……」

リーシャはつぶやくと、俺の隣に座ってきた。

「疲れたわ」

リーシャが俺の肩にしなだれかかる。

「だなー」

「ふふっ……癒してあげましょうか？」

リーシャが妖艶《ようえん》に笑い、見上げてきた。

「いらん。そもそもお前、汚れを取る魔法をかけているとはいえ、風呂に入ってないだろ。いいのか？」

俺は気にしないが、リーシャは絶対に気にする。

「それもそうね。香水もないし、やめておくわ。誰かさんが聞き耳を立ててそうだし……」

「だろうな」

『……立ててませーん』

風呂場のドアの向こうからくぐもった声が聞こえてくる。

「わかりやすい奴……お前が期待する展開はないからさっさと入れ」

『……はい』

ったく……

「……殿下、わたくしはもう戻れませんわ。たとえ、殿下の行く先が断頭台だとしても一緒に参ります」

リーシャはそう言って、俺の顔を両手で掴《つか》んだ。

「断頭台までついてこなくていい」

「ついていきます」

いいのに……

「まあいい。俺が断頭台に行くことはないしな。それよりもようやく一息つけた。お前にもマリアにも苦労をかけた」

「仕方がないわよ。空賊に襲われるなんて誰も予想つかないわ」

しかも、あんな小型船をねー。あー、ムカつく。

「マリアは大丈夫かね？」

ちょっと心配。巻き込んでしまったし。

「大丈夫よ。あの子はすぐ泣くけど、前向きだし、明るいからね」

「貴族学校でも友人が多かったし、まあ、そんな感じはするな」

俺とリーシャはお察し。

「あの子はねー……男女共に人気がある子だから」

「男もか？」

「むしろ、そっちの方が人気はあるわね。分け隔てなく接するし、裏表のない明るい子だから」

へー……全然、知らんかった。

「お前とは全然、違うな。まあ、男からの人気はあっただろうが……」

絶世だし。

「わたくしは殿下の婚約者ですよ？　そういう話題を出すことすら不敬です」

そんなもんかねー？

「どうでもいいけど、そろそろ手を離せ。そっちの方が不敬だぞ」

いつまで人の顔を掴んでいるんだ？

「不敬？　どこが？」

不敬ではないか……

しばらくすると、マリアが上がってきたため、次に俺が風呂《ふろ》に入ることになった。本当はリーシャを先に入らせようとしたのだが、リーシャはマリアに大事な話があるらしく、俺が先に入ることになったのだ。

俺は風呂場に来ると、マリアと違って聞き耳を立てる気はないのでさっさと風呂に入ることにした。

「ああ、やっぱり風呂はいいなー」

湯船に浸かりながらこれまでの疲れを取る。そして、ある程度堪能すると、さっさと風呂から出て、部屋に戻った。

「早いわね」

マリアと並んでベッドに腰かけていたリーシャが戻ってきた俺を見る。

「男はこんなものだ」

「ふーん。じゃあ、私も入ってくるわ。マリア、忘れないように」

「はいっ‼」

マリアがこれでもかというくらいに背筋を伸ばして答えた。

「よろしい」

リーシャはそう言うと、風呂場に行ってしまった。

「何の話だ？」

テーブルにつくと、マリアに聞く。

「殿下は知らなくていいことです……というか、いつものことです」

リーシャの嫉妬《しっと》か……

「めんどくせーな」

別にあいつに不満がないわけ……いや、あるにはあるが、あの嫉妬だけはやめてほしいわ。子供の頃から知っている俺ですら怖いもん。

「ハァ……リーシャ様、いい人なんですけど、本当にちっちゃいんですよねー……男爵令嬢程度が公爵令嬢に勝てるわけないのに……生まれも育ちも何もかも違うのに」

「だから下水なんだろ」

俺、あいつが扇子を折っているところを見たことがある。そんなことをする奴が本当にいるんだと思った。

「ですねー……」

「まあ、気楽にやりな。あいつは逆らわなければ何もしないし」

「そうします。私はとっくの昔にリーシャ様の傘下に入ったのです」

この子分気質が貴族学校で上手《うま》くやるコツだったのかもしれない。

俺とマリアがそのまましばらく待っていると、リーシャが風呂から上がって戻ってきた……バスタオル一枚で。

リーシャはその白い肌を惜しみなく晒《さら》したまま俺が座っているテーブルにやってくると、ワインボトルを取り、自分のグラスに注ぐ。そして、そのグラスを持ち、ベッドまで行くと、バスタオル一枚のままベッドに腰かけ、足を組んだ。その長い足も……美しい肌も……艶《つや》やかな金髪も……細いけど出ているところは出ている身体《からだ》も……そして、自信満々な顔も何もかも絶世だった。

「……リーシャ様、何をしているんですか？」

苦言を呈さなければいけない立場の子分もさすがに呆《あき》れている。

「今思うと、寝巻がないわね」

そりゃ、俺も風呂から上がった後に思ったけど、ないものはしょうがないだろ。

「あの、服を……」

「どうせ寝るだけだもの。これでいい」

「あの、男性の目が……」

マリアがチラチラと俺を見る。

「夫の前で肌を晒すことに問題が？」

「あっ……やっぱり……いえ、リーシャ様がそれでいいならいいです」

マリアは何かを察し、諦《あきら》めたようだ。

「マリア、無視しろ」

ワインを手に取り、自分の分とマリアの分のグラスにワインを注いだ。

「はい……」

マリアはグラスを手に取った。

「美しいリーシャに」

「絶世のわたくしに」

「……下水に」

「「「乾杯」」」

俺達はグラスを掲げて乾杯した。

「マリア、ここに来る時に言おうとしていたことは何だったんだ？」

ワインを一口飲むと、マリアに聞く。マリアは宿に来る前、何かを言いたそうにしていたのだ。だが、途中で言うのをやめた。多分、外で言えないことなのだろう。

「そうでした。殿下、殿下はこれからどうされるおつもりです？」

「どうって……母の実家があるウォルターに行く」

頼れるのはそこしかない。

「ええ。それは聞きました。私が聞きたいのはその後です。そのままウォルターで生涯を終えるおつもりですか？　それともエーデルタルトに戻られますか？」

「もちろん、エーデルタルトに戻る。とはいえ、今の状況では戻れんし、陛下が亡くなってからだろう」

今戻ると、マジで断頭台が見えそうだ。

「殿下……殿下は王になるおつもりはないのですか？　王位をイアン様に譲ると？」

「譲るも何も陛下が決めたことだ。俺は廃嫡となり、イアンが王太子だ。こうなったら次期王はイアンだろう」

「それは陛下が勝手にお決めになったことです」

勝手にって……

「勝手に決めるのが王だろう。まあ、イアンの実家からの圧力もあっただろうが」

「そうだと思います。ですが、このような暴挙を許さない者もいましょう。家は長男が継ぐもの。これは王家も変わりません。ましてや、殿下に何の不備がありましょうか」

こいつもクーデターを勧める気か？

「俺に従う者がいるか？　魔術師だぞ」

「います。少なくともリーシャ様のお父上であるスミュール公爵閣下は納得しないでしょう」

まあ、それはそうかもな。

「スミュールは力がないだろう」

スミュール公爵家はほぼ名誉職の地位についている。

「いえ、派閥があります。スミュール公爵の派閥はかなり大きいです」

「ふーん。お前の家もその派閥か？」

「いえ、ウチは中立です。というか、田舎《いなか》貴族ですので派閥に入れてもらえません」

悲しい。

「それで？　その派閥がどうした？」

「エーデルタルトは王家の力が強いです。ですから陛下がお決めになったことに皆が従うでしょう。ですが、陛下がいなくなったら？　もし、病気で倒れたら？　その時に皆は陛下に従うでしょうか？」

「俺が王位につくように動くと？」

「殿下が異を唱え、立ち上がれば、間違いなくそうなります」

内乱じゃん。

「争いになるぞ？」

「そうでしょう。ですが、長男を差し置いて、次男が王位に就けばそうなります。ましてや、殿下とイアン様は性格こそ違いますが、能力にそこまでの差はありません。でしたら長男である殿下が王位に就くべきです」

「ふーん……お前、俺にイアンと争えと？　母が違うとはいえ、弟を殺せと？」

「そうは言っておりません。私は殿下の思いを知りたいのです。私は殿下についていきます。フランドル家はあくまでも中立を保つでしょうが、私は殿下の忠実な臣下です。リーシャ様の傘下に入るということはそういうことなのです。ですから殿下がどういう思いでどういう道を歩んでいくかを教えてほしいのです。要はこの旅の目的です」

目的ねー……

「弟と争うのは避けたいな。今の情勢で内乱はマズい。それこそ、このテール王国が介入してくるぞ」

兄弟による泥沼の争いになる。そして、最後はテールにすべてを奪われるだろう。

「では、王位はお諦めに？」

「今のところはそうなるな……」

そもそも帰れねーし。

「わかりました。では、とりあえずはウォルターを目指すということで良いですね？」

「そうだな」

「リーシャ様もそれでよろしいのですか？」

マリアはいまだにバスタオル一枚のリーシャに確認する。

「わたくしは殿下に王位に就いてほしいですわ。ですが、殿下が望まないのならば従います。わたくしだって国を想《おも》う気持ちはありますし、今の情勢で内乱を起こせば国が荒れるのはわかりますからね。それはイアン様を暗殺しても同じことでしょう。イアン様の実家やその派閥が粛清を怖れてテールと繋《つな》がり、反乱を起こします」

サラッと暗殺というワードが出てくる下水令嬢。

「王妃の地位はいらんか？」

「くれるものならばいただきます。ですが、それは二番目。わたくしにとって殿下の歩む道についていくことが一番ですわ」

「……だそうだ」

俺はマリアを見る。

「わかりました。ならば、そう致しましょう。ただ、その場合、エーデルタルトに戻るかどうかの判断は慎重にお決めになってください」

「逆に俺が暗殺されるか？」

俺が邪魔か……

「はい。イアン様はそんなことをしないでしょうが、周りの者はわかりません。殿下は傲慢《ごうまん》で周りの言うことを聞かないところがありますが、決断力があります。一方でイアン様は人徳がありますが、風見鶏で流されやすいところがあります。危険です」

よく見てるな……

田舎娘とはいえ、貴族は貴族か。

「わかった。エーデルタルトへの帰還の際には留意しよう」

まあ、テロやハイジャックのことがあるから元からそうなんだけどな。

「お願いします。次にですが、目的地のウォルターまではどうやって行きましょう？　テールとウォルターの間には三つの国があり、かなり遠いです」

「それはわかっている。時間がかかるが、馬車かなんかでの移動になるだろう。それまでは冒険者をやりながら食い繋ぐしかない」

豪遊はできないだろうが、こういう宿に泊まり、安ワインを飲むのも悪くない。

「やはりそうなりますか……とはいえ、この町である程度稼いだら早急にこの国は出るべきです」

「わかっている」

テール王国はマズい。バレたら普通に捕まってしまう。

「別に陸路じゃなくてもいいんじゃない？　普通に空路を使いましょうよ。この国にだって飛空艇はあるし、ウォルターまで飛べるわよ。最悪はハイジャックでもいい。この国でお尋ね者になっても構わないでしょう？」

何もわかっていない半裸の女が何かを言っている。

「ハァ……リーシャ様、それは無理です」

子分のマリアが呆れたようにリーシャの意見に異を唱えた。

「なんでよ？」

マリアの無礼な物言いにリーシャがちょっとむっとする。

「空はもう嫌なんです……怖いんです……」

マリアがだらだらと涙を流し始めた。

「ハァ……情けな……殿下、どうされます？　このぶどうを無理やり連れていきますか？　飛空艇に乗る時だけ殿下の魔法で眠ってもらいましょうか？」

呆れた様子のリーシャが聞いてくる。

「マリア……」

泣いているマリアに声をかけ、持っているグラスを掲げる。すると、マリアもグラスを掲げた。

「偉大なる大地に……」

「母なる大地に……」

「「乾杯」」

怖いよ……迫りくる木々が怖いよ……

「殿下もでしたか……あー、だからパニャの大森林で頑なに飛ぼうとしなかったのですね」

人間は地に足をつけて生活する生き物なんだよ！　皆、お前みたいに鋼の精神を持っていないんだよ！

「うるさい。寝るぞ」

俺達はワインを飲み終えると、ベッドに入り、就寝した。

翌朝、久しぶりとも思えるベッドで気持ちよく寝ていると、身体《からだ》が揺すられたので目を覚ます。

「殿下ー、朝ですよ。起きてください」

まだ眠いよ……

「……朝の稽古《けいこ》はパス」

剣術より魔法だよー。

「寝ぼけないでください。ここは王宮じゃないですし、私はメイドではありません」

ん？

目を開くと、マリアが俺を覗《のぞ》いていた。

「マリアか……お前の顔を見ると、落ち着くな」

なんでだろう？

「どうせ田舎娘ですよ。それよりも朝です。リーシャ様は起きてくださいませんし、殿下が起こしてください」

マリアにそう言われて、隣のベッドを見ると、リーシャがスヤスヤと寝ていた。しかも、布団からきれいな足が見えており、多分、あの中は全裸だ。

「あいつ、マジであのまま寝たんか？」

「殿下待ちだったんじゃないです？」

いや、マリアがいるから違うと思う。多分。

「まあいい。起きるか……」

上半身を起こすと、マリアを見る。

「しかし、お前、早いな」

「ええ。夢で地面に激突して目が覚めました」

夢にまで見たのか……

「お前、もしかして、それであの時も起きてたのか？」

熊さんにおはようって言われた時、マリアの方が早く起きていた。

「はい。あの時も地面に落ちて目が覚めたんですけど、良かったー、夢かーとホッとしたら目の前に熊です」

最悪すぎる。可哀想に……

「怖かったら一緒に寝てやるぞ？」

「一緒に落ちる夢を見るだけですよ」

それは嫌だな……

「完全にトラウマだな。俺も空を飛べなくなった」

「あんなことがあったら仕方がないですよ」

「だなー……さて、昼まで寝ていたいが、金もないし、仕事をしなければならん。人の心を持ち合わせていない幸せそうな冷徹姫を起こすか」

俺は立ち上がると、リーシャのもとに行く。

「リーシャ、起きろ」

「あとちょっと……」

リーシャが掛け布団を被《かぶ》った。

「いいから起きろ」

「私は人の心を持ち合わせていないから起きない」

聞いてやがった……

「いいから起きろ。さっさと仕事してこんな国とはおさらばしようぜ」

「ハァ……マリアと先に行ってて。私は服を着てから行くわ」

「マリア、俺は先に食堂に行くが、お前は残って、こいつを急《せ》かせ」

絶対にこのまま二度寝する気だ。

「……わかりました」

この場をマリアに任せると、先に食堂に行くことにした。食堂に入ると、他の宿泊客も朝食を食べており、昨日見た若い女やおばさんがせわしなく、働いていた。

俺は空いている席に座ると、周囲を見渡す。食堂には商人っぽい者から冒険者まで色んな人がいた。中には女性冒険者もおり、本当に女も冒険者をやるんだなって思った。

周囲を観察していると、おばさんが俺のテーブルにやってくる。

「他の二人はどうしたんだい？」

「すぐに降りてくるよ。一人寝ぼすけがいるんだ」

「そうかい。じゃあ、食事を持ってくるよ」

おばさんはそう言って奥に引っ込むと、すぐに三人分の朝食を持ってきてくれた。先にパンと卵とスープとサラダを堪能していると、すぐにマリアが眠そうなリーシャを連れてやってくる。もちろん、服は着ている。

リーシャとマリアが食堂に来ると、他の客（主に男）がリーシャとマリアをチラチラと見だした。さすがは絶世。眠そうな顔をしていても目を引くんだな。

「眠いわー……」

リーシャは眠そうに俺の対面に座った。マリアもまたリーシャの隣に座る。

「いいから食え。そこそこ美味《うま》いぞ」

「……そうね。食べましょう」

「美味《おい》しいですぅー」

マリアはリーシャを待つ気はないらしい。まあ、俺もない。

俺達は朝食を堪能すると部屋に戻り、準備を整えた。そして、受付に行き、鍵《かぎ》を昨日の若い女に返す。

「お客さん、今日はどうされます？　今日も泊まるんだったら予約しときますけど……」

今日か……さすがに今日町を出ることはないだろうし、予約しといた方がいいかもしれん。この宿は悪くないし。

「頼むわ」

「では、予約しておきますね。前金の銀貨六枚をお願いします。食事やワインはチェックインの時に言ってもらえばいいです」

「わかった」

カバンから金貨一枚を取り出し、渡す。

「はい、確かに。では、銀貨四枚のお返しです」

「ああ。じゃあ、夕方か夜に来る」

おつりの銀貨四枚をしまうと、女に手を上げる。

「はい、いってらっしゃいませー」

俺達は朝から元気な女に見送られ、宿屋を出た。そして、ギルドに向かう。

「良い宿でしたね」

マリアが嬉《うれ》しそうに言う。

「そうだな。ブレッドの勧めは正解だった」

「仕事も期待できそうですねー」

きっと楽で儲《もう》かる仕事を用意してくれるだろう。

俺達は期待感を持って、ギルドの扉を開いた。中に入ると、結構な数の冒険者が受付に並んでいた。ただし、若くて美人の受付嬢のところだけに……

「男性はどこの国も身分も関係ないですねー」

この光景を見たマリアが呆《あき》れたように言う。

「俺は違う」

大事なのは仕事ができるかだ。

「絶世を娶《めと》ったロイドさんが一番ですよ」

うーん、そう言われると、否定できない。

まあ、空いているならいいかと思い、ブレッドのところに行く。

「よう、暇そうだな」

「おはようございます。まあ、気持ちはわかりますからね」

ブレッドが隣を見ながら苦笑した。ちょっと気にしているっぽい。

「俺的には空いててありがたいわ」

「興味ないんですか？　ウチの自慢の子達なんですが」

まあ、美人とは思うが……

「聞いたか、マリア？」

リーシャをチラッと見た後にマリアに聞く。

「ウチの絶世さんの前には雑草に見えますね……あれ？　何故《なぜ》か私も傷付く」

……いや、お前も可愛《かわい》らしいとは思うぞ。なんかすまん。

「まあいい。それで仕事はどんなのがある？」

「はい。いくつか見繕わせていただきました。どうぞ」

ブレッドはそう言って、受付カウンターに複数の紙を置いた。それを手に取り、リーシャとマリアと共に一枚一枚見ていく。

【医療現場の手伝い　金貨十枚】

【オークの討伐　金貨一枚】

【ビッグボアの討伐　金貨五枚】

【魔法研究の手伝い　金貨二十枚】

ふーむ……

「最初の仕事は私ですね。最後の仕事はロイドさんでしょう」

だと思う。

「オークとビッグボアで差があるのはなんでだ？」

討伐依頼の差異が気になったのでブレッドに聞いてみる。

「オークの討伐はここの領主が出している依頼で常時出ています。オークはこの辺りに多いんですよ。ですので、一匹当たり金貨一枚です。ビッグボアは目撃情報がありましてね。そこまで危険ではないんですが、毛皮や肉が重宝されますんでこの金額です。もちろん、毛皮や肉は別料金で支払います。ただし、火魔法で焼き尽くすと金貨五枚までです」

オークは駆除でビッグボアは素材目的か。

「お前らはどう思う？」

リーシャとマリアに意見を求める。

「あの、医療現場の手伝いっていうのは日給です？　それと依頼元は？」

マリアがブレッドに聞く。

「はい。日給です。依頼元は教会ですね」

マリアは教会と聞くと、嫌そうな顔をした。

「これはなしだな……」

ウチの貴族を使い潰《つぶ》そうとするところは信用できん。

「オークとビッグボアの討伐は同時に受けられるのかしら？」

リーシャが聞いてくる。

「どうなんだ？」

そのままブレッドに振った。

「はい。ただし、ビッグボアは早い者勝ちになります」

まあ、一匹しかいないんだろうからそうだろう。

「魔法研究の手伝いってのは具体的に何をするんだ？」

俺も自分の分野になるであろう依頼の詳細を確認することにする。

「これは単純に魔力供給です」

要は俺の魔力を使って研究したいわけだ。

「誰であろうと一律金貨二十枚か？」

雑魚《ざこ》魔術師と一流魔術師が同じ値段？

「出来高が入っていますね」

となると、悪くないな。魔力には自信があるし。

「どうする？　魔法研究の手伝いは儲かりそうだし、討伐系もありだが……」

「二手に分かれましょう。あなたが魔法研究の手伝い。私とマリアが討伐をする」

効率的と言えば効率的だが……

「大丈夫か？」

女だけに任せることになるし、ちょっと心配だ。

「何も問題ないわ。私を誰だと思ってるの？」

下水のリーシャ。

「ブレッド。ジャックから聞いたが、解体の出張っていうのはあるのか？　俺達は解体ができない」

「ございますよ。もしよかったらウチの解体専門をつけましょうか？　日当で金貨一枚になりますけど……」

うーん、オーク一匹分か……リーシャが一匹も倒せないとは考えにくいし、マイナスになることはない。

「そいつは男か？」

「女性もおります」

いるのか……すごいな。

「じゃあ、それでいこう。リーシャ、お前のことだから問題はないだろうが、モンスターだけでなく、他の冒険者にも気を付けろ」

「わかってるわ。なます切りにしてあげる」

さすがは下水のリーシャだ。これなら問題ないだろう。

「あの、ウチの職員をつけるからその辺は大丈夫ですよ……」

リーシャはそんな常識をも覆すから絶世って呼ばれているんだよ。あと、悲運のマリアもいる
……やっぱりやめた方が良いかも？

「大丈夫か？」

マリアに確認する。

「大丈夫だとは思います。お強いのは確かですし……」

まあ、大丈夫か。

「じゃあ、任せるわ」

「はい」

マリアが頷《うなず》くと、ブレッドが職員を呼びにいった。ブレッドが女の職員を連れて戻ってくると、リーシャとマリアは女の職員と共にギルドを出る。そんな三人を見送った俺もブレッドから魔法研究をしている魔術師の家の地図をもらい、ギルドを出た。

ギルドを出ると、地図を見ながら歩いていく。この町は人が多く、屋台なども充実しており、活気がかなりある。だが、魔術師の家に向かって歩けば歩くほど、人通りが少なくなってくる。

「ここか？」

ぼろい石造りの家を見る。家は古く、あちこちにひびが入っていたり、欠けたりしている。

これが金貨二十枚も払う魔術師の家かね？

大丈夫かなと少し心配になりながらも古臭いドアをノックする。

『誰だ？』

ドアの向こうから声が聞こえた。

「ギルドからの依頼を受けた魔術師だ。金貨二十枚のやつ」

そう言うと、バンッと勢いよくドアが開かれた。

「おー！　やっと来たか！　ふむふむ……」

中から出てきたのは結構な年齢っぽいおっさんだ。おっさんはボロボロの服を着ており、マジで汚い。そんなおっさんがジロジロと俺を見ていた。

「何だ？」

礼儀を知らんのか？

「ふむ。確かに魔術師じゃな。まあ、入れ」

おっさんに家に招き入れられる。家の中はベッドとテーブル、本棚がある程度で、床には本や書類、魔法の器材なんかが散乱していた。

「掃除しろよ」

きったねー。

「めんどうじゃ。そんなことに時間を使うくらいなら研究に使う。ほれ」

おっさんは机の上に汚いコップに入れた水を置く。

「水を出す礼儀はいいから身なりを整えろよ……お前、金はあるのか？」

本当に金貨二十枚も払えるのか？

「金ならいくらでもある。貴様は中々の魔力を持ってそうだし、色も付けてやる」

金はあるけど、この家でこの身なり……ただの変人だな。

「まあいい。それで魔力供給と聞いているが、何をするんだ？」

「簡単だ。こいつに魔力を注いでくれ」

おっさんはそう言うと、床から変な丸い水晶を拾って渡してきた。

「何だこれ？」

「これは魔晶石だ。一言で言えば、魔力を貯蔵できるマジックアイテムだな」

へー……見たことも聞いたこともない。

「そんなもんがあるのか？」

「ああ。これはワシの師が開発したものでな、飛空艇なんかに常備されている」

なるほどね。魔力切れを防げるのか……

「これ、高いだろ」

「金貨千枚だったか？　忘れた」

たっか！　しかも、忘れとる……

「ふーん、これに魔力を込めればいいんだな？」

「そうだ。まあ、座りながらでいいからやっておいてくれ」

おっさんはそう言うと、机ではなく、地べたに座り、何かの書類を読みだした。

「お前みたいなのがいるから魔術師が変な目で見られるんだよ」

そう言いながら椅子に座り、魔晶石とやらに魔力を込め始める。

「どうでもいい。人生は百年もない。時間が足らないんだ」

魔法に人生を捧《ささ》げる気か？　俺も魔法は好きだが、それは無理。

「お前、優秀な魔術師なのか？」

「見ればわかるだろ。ワシより優れた魔術師は師匠以外に見たことがない。まあ、他の魔術師との交流があまりないのもあるが……」

確かにこのおっさんはかなりの魔力量であることがわかる。

「ふーん、なら空間魔法を教えてくれないか？　報酬はそれでいいから」

「空間魔法？　そんなもんは知らん。何の役にも立たんだろ」

つっかえねー。まあ、引きこもりにはいらんか。

「魔導書とかないのか？　この町に使える奴とかは？」

「ない。知らん」

ダメだこりゃ。こいつ、優秀な魔術師かもしれんが、相当、偏っている。根っからの研究者タイプだな。

「じゃあいいわ。ほれ。これでいいか？」

おっさんに向かって魔晶石を放り投げる。

おっさんは運動神経が悪いらしく、慌ててキャッチした。

「――なっ！　おいっ！」

「終わったぞ。金貨二十枚を寄こせ」

「もう終わったのか……？」

おっさんは魔晶石を見る。

「その程度ならすぐだ」

「うーむ……確かに。これは当たりを引いたな」

おっさんはそう言うと、床に散らばっている書類をかき分けだす。すると、そこからまたもや魔晶石が出てきた。

「五個あったはずだから全部頼む」

そんなにあんのか……こいつ、金貨千枚の魔導石を五個も持ってるってことはめっちゃ金持ってるな。

「金貨百枚だぞ」

「うーむ、手持ちでは金貨五十枚しかない」

おっさんは腕を組んで悩み始める。

「じゃあ、二個だな」

「よし！　特別に何かの魔法を教えてやろう！」

「いや、だから空間魔法を教えろっての」

「なんでそんなもんがいるんだ？　あんなポンコツ魔法」

それはお前が引きこもりだからだろ！　普通に便利な魔法だ！　俺もいらないって思ってたけど
……

「俺は旅の冒険者なんだ。しかも、女連れ。荷物がいくらあっても足らん」

冒険者道具に加えて生活用品もいる。今はまだリーシャもマリアも我慢しているが、そのうち、絶対に爆発する。だってあいつら、貴族だもん。

「なんじゃ……そんなことか。そういうことなら早く言え」

おっさんはそう言いながら四《よ》つん這《ば》いになると、ベッドの下に手を入れ、ガサゴソと何かを探し始めた。そのせいでホコリが舞っている。

「掃除しろっての……」

金があるんだったら引っ越してメイドでも雇えばいいのに。

「うるさいのう……これだから所帯持ちは……おっ！　あったぞ！」

おっさんは何かを見つけたようでベッドの下からカバンを取り出した。カバンは茶色のカバンだと思うが、ホコリと変色でかなり薄い茶色に見える。しかも、あちこちにほころびもあった。

「……それは？」

「魔法のカバンじゃ」

まあ、話の流れからそうなんだろうと思うが、汚すぎないか？

「どうしたやつだ、それ？」

「ワシがこの地に引っ越した際に使ったやつだ。ワシはもうこの地から動かんからこれをやろう」

「お前、この町の出身じゃないのか？」

「ワシは王都出身じゃ。五年くらい前にここの領主にスカウトされてのう……好きな研究をしていいから来いって感じじゃ。まあ、たまにめんどくさい依頼が来るが、好きにやらしてもらってるし、もう引っ越すのもめんどくさいからここでいい。そういうわけじゃからこれで依頼料を払おう。ほれ」

おっさんはカバンのホコリを手で払いながら説明すると、俺にカバンを渡してくる。それを受け取るが、ちょっと嫌だ。

「きったねー」

「わがままを言うな。冒険者にはお似合いじゃ」

まあ、そうかもしれんが、リーシャとマリアは嫌な顔をするだろうな。

「これはどのくらいのものが入るんだ？」

「もらいものだから知らん。少なくとも、この家のものは全部入ったぞ」

適当だなー。とはいえ、この家にはベッドも本棚もあるし、容量は期待できそうだ。

俺はカバンを肩にかけてみる。

「うえー、みすぼらしいな……」

「冒険者が何を言っとるんじゃ」

そうだけどさー……

「まあ、報酬はこれと金貨二十枚でいいぞ」

「金貨も取るのか……」

「金ならいくらでもあるんだろ？　俺はない」

「貴様、本当に女連れか？　よくそんなんで女を連れて旅なんかするな……」

ほっとけ。

「うるさいな。いいから他の魔晶石を寄こせ。この部屋はホコリっぽいから早く終わらせたいんだよ」

「貴様もここの領主と同じようなことを言うな……」

こいつ、領主をこの家に招いたのか？　バカじゃね？　いや、不潔なバカだったな……

俺は残りの魔晶石に魔力を込め終えると、さっさとぼろ家から出ることにする。そして、依頼料の金貨二十枚を受け取り、装備すると一気にみすぼらしくなる呪いのカバンを肩にかけ、ギルドに戻ることにした。

ギルドに戻ると、ちょうどリーシャとマリアも帰ってくるところだったらしく、ギルドに向かってきていた。

「よう。終わったのか？」

ギルドの前で鉢合わせたのでリーシャとマリアに聞く。

「まあね」

リーシャがそう言って布袋を見せてきた。

「討伐証明の魔石か？」

「ええ。ビッグボアの解体に時間がかかりそうだから、先に帰っていいってギルド職員に言われたのよ」

だから二人なのか。

「いやー、リーシャさんが即行でビッグボアを狩ったんですよ。しかも、オークを斬り殺しまくってました」

怖いわ。

「まあ、無事に終わったんだったらいいわ」

「ロイドさんは終わったんです？」

「終わった。精算をしてしまおう」

俺達がギルドに入ると、朝と違って他の冒険者の姿はない。まだ昼前だし、仕事をしているのだろう。

俺達はそのままブレッドのもとに向かった。

「おかえりなさい。早かったですね、依頼は終えられましたか？」

受付に行くと、ブレッドが聞いてくる。

「終わった。楽な仕事だったが、きったねー家だったわ」

「あの御方は変わった御方なんですよ」

「変人だろ。もしくは変態」

「まあ、そうとも言いますかね？　リーシャ様とマリア様の方はどうでしょうか？」

ブレッドが二人にそう聞くと、リーシャが俺の後ろに隠れた。貴族やジャックみたいな著名人、もしくは商人なんかは大丈夫だが、ギルドの職員はちょっとダメか……マリアは大丈夫だろうが、元次期王妃で公爵令嬢のリーシャは仕方がないだろう。

「魔石を寄こせ」

「お願い」

リーシャが魔石が入った布袋を渡してきたので受付に置く。

「依頼は終わったそうだ。今、解体をしているらしいから先に精算しろだとよ」

「わかりました。では……えーっと……」

ブレッドが魔石の見分を始めた。

「ブレッド、酒でもないか？」

「ありますよ。でもまだ、昼間ですけど、もう少し仕事をする気はないですか？　他の仕事も回せますけど」

今日か……また出るのはめんどくさいな……

「いや、今日はいい。明日にする。それまでに楽なのを用意してくれ」

「わかりました。では、また見繕っておきます。お酒はエールでよろしいでしょうか？」

エールねー……よくわからんが、それでいいか。

「それで。三つな」

「わかりました。銅貨三枚です」

一杯が銅貨一枚か。安酒にも程があるな。まあ、みすぼらしい今の俺にふさわしいか。ふっ……

俺達がテーブルにつくと、ブレッドが三人分のエールを持ってきてくれたので飲んでみる。

「微妙だな……」

昨日のワインの方が何倍も美味《うま》い。

「確かに……」

「これは本当にそうですね。温《ぬる》いし、うーん……」

飲めないほど不味《まず》くはないが、進んで飲もうとも思えない。ただ酔うための酒って感じ。

「ロイド、そんなことより、そのカバンは何？　私、そんなカバンを持つ男の隣を歩きたくないわ。捨てなさい」

ほらね……

「私も思いましたけど、なんですか、それ？　カバンならもっと良いものを買いましょうよ。せっかく、お金が入ったのに」

マリアもだよ……

「俺だって、こんな貧乏くさいカバンなんか欲しくないわ！　ただ、これは依頼主からもらった魔法のカバンだ。容量も結構あるっぽい」

「へー……え？　魔法のカバン？」

「そんなものをもらったんですか？」

二人が驚く。

「追加の仕事があったんだが、金がないから代わりにってさ。そういうわけだから嫌だろうが、我慢してくれ。俺だって、嫌なんだ。それともマリアが持つか？」

そう言うと、リーシャがマリアを見た。すると、マリアがあからさまに嫌そうな顔をする。

「……ないわね。マリアのローブは白いからより悪目立ちする」

リーシャがそう言うと、マリアがほっと胸を撫《な》で下《お》ろした。

「だろ？　俺もお前やマリアがこんなのを持っているのは嫌だわ」

「まあ、そうね。私が嫌なようにあなたも嫌よね」

女が持つ方が嫌だわ。

「だから俺が持つ。そういうわけで午後から買い物に行こう。色々と買えるぞ」

「寝巻が欲しいわ」

「きれいなお皿とナイフとフォークが欲しいです」

それらを入れるカバンが汚いんだけどな。

「まあ、その辺だな。ブレッドー、精算はまだかー？」

「終わりましたよ。どうぞ」

ブレッドがそう言いながら俺達のもとに来ると、小袋をテーブルに置いた。

「いくらだ？」

「全部で金貨二十二枚になります」

俺より多い……

「じゃあ、その金をお前らで分けて好きに買え」

小袋をリーシャの前に置く。

「いいの？」

「長旅になる。安いものより長く使えるものを買え」

こういうのは最初が肝心だ。特にこいつらは後で文句を言う。

「ロイドさんはどうされるんです？」

「俺は旅に使えるものをブレッドに聞いて、揃えておく（訳：女の買い物に付き合いたくない）」

「そう。じゃあ、マリア、私達は買い物に行きましょう」

リーシャは残っているエールを飲み干すと、フードを被《かぶ》った。

「はい。では、ロイドさん、宿屋で」

マリアもエールを飲み干す。

「ああ」

二人は立ち上がり、ギルドを出ていってしまったので、まだ半分以上も残っているエールを飲む。

急に寂しくなったな……

「この店は女を隣につけるサービスはないのか？」

贅沢《ぜいたく》は言わんからそこの美人の受付嬢でいいぞ。三人もいるんだから一人、二人寄こせ。

いね。

「私でよろしければ」

ブレッドが答えた……

「……お前でいいわ。旅に必要なもんと売ってる場所を教えてくれ。一杯奢《おご》ってやるから」

「かしこまりました」

俺はおっさんと飲みながら色々なものを教えてもらった。絶世のリーシャと可愛《かわい》いマリアが恋しいね。

ブレッドから旅に必要なものを聞くと、早速、市場や専門店に向かった。そこで必要となりそうなものを購入し、自分用の寝巻なんかも買うと、まだ少し時間があったため、ジャックが言っていた魔法屋とやらに行ってみる。

魔法屋には杖《つえ》を始めとする武器や色んなマジックアイテムが所狭しと置いてあり、奥には目つきの悪い婆さんが書き物をしながら座っていた。店員の婆さんは顔を上げると、怪訝《けげん》そうな顔で俺をジロジロと見てきたが、すぐに目を落とし、書き物を再開する。

俺は何だろうと思いながらも杖なんかのマジックアイテムを見ていった。

杖が金貨百枚……高いな。確かにかなり良い杖だが、買うとこんなにするのか。

他にも見たことあるマジックアイテムや器具なんかを見ていくが、自分が思っていたより、相当な値段が付いていた。とてもではないが、俺の持っている金では買えそうにない。

俺はよく魔法の研究をしていたが、そのほとんどは俺自身が買ったものではなく、用意してもらったものだった。だから、まさか俺が湯水のごとく使っていた魔石がこんなに高いとは思わなかった。しかし、そうなると、あのおっさんは……

　俺の脳裏にある懸念が生まれたが、まあ今さらかと思い、スルーすることにする。

　引き続き、買えないが、マジックアイテムを見るのは楽しいので商品を見ていると、客が入ってきた。その客は俺と同じように商品を見ていく。そして、魔石を見ていた俺の隣にやってくると、その魔石を手に取った。

「やはり高いな……ん？　兄ちゃんも魔石を買いに来たのか？」

　客の男が話しかけてくる。

「まあな。とはいえ、お前が言うように高い」

　魔石は安いものから高いものがあり、欲しいのは当然、高いものだが、とても買えそうにない。

「俺もだよ。なあ、兄ちゃん、一緒に仕事をしねーか？」

「仕事？　何だ？」

「実はここだけの話、北東に洞窟《どうくつ》があってな。そこにいるモンスターが良い魔石を落とすらしいんだ。でも、俺一人じゃ厳しくてあと二、三人は必要なんだよ。一緒に行かねーか？」
　二、三人ねー……そんでもって洞窟……アホらしい。
「パライズ」

「ぐっ！」

　痺《しび》れの魔法を使うと、男の動きが止まったので足を払う。

「――――ッ！」

　魔法で動けない男は体勢を崩し、床に這《は》いつくばったので男の頭を踏む。

「くだらんな……俺を騙《だま》せると思ったのか？」

「な、なんで……」

「魔法屋にお前のような魔力のかけらもない奴が来るわけないだろう」

ましてや魔石なんて絶対に必要ない。もっと言うと、二、三人と数を限定してくるなら俺一人に声をかけるんじゃねーよ。

「くっ！」

「狙いはリーシャか？　マリアか？」

そう言うと、炎を出す。

「ひっ！」

「魔術師にケンカを売って、ただで済むと思ったか？　それと人の女に手を出そうとして、生きていられると思ったか？」

死ね。

「ガキ。人の店で何をする気だい？」

奥にいる婆さんが睨《にら》んでくる。

「処刑だ」

「チッ！　人の店を燃やそうとするんじゃないよ。そいつはそのままそこに置いておけ。兵士に突き出す」

「逃げられるかもしれん」

「ないよ。私が見てる。それともお前は私の魔力を感じられない程度の魔術師なのかい？」

確かにこの婆さんはかなりの魔力を持っている。相当な魔術師だろう。

「逃がしたらお前も殺すぞ」

「人の店で営業妨害をするごろつきを逃がすわけないだろ」

それもそうか……

俺は納得すると、炎を消す。本当は殺したいが、敵国で問題を起こして目立ちたくない。

「邪魔したな。気分が悪いから帰る」

「帰れ、帰れ。かなりの魔力を持っているから上客だと思ったが、文無しに用はないよ」

最初にジロジロと見ていたのは俺の魔力を感知していたからか。

「じゃあな」

そう言って、店を出ると宿である小鳥亭に戻ることにした。

宿に戻ると、昨日の若い女がまたもや書き物をしながら受付に座っていた。

「俺の連れは戻っているか？」

受付の女に聞く。

「あ、おかえりなさい。奥様方ならすでに部屋にお戻りになられてますよ」

奥様方になってる……

「嫁に見えるか？」

「違いました？　少なくともあの美人の人は絶対にそうだと思いましたけど」

わかるのかね？　女の勘か？

「いや、合ってる。夕食はいつからだ？」

まだ早いが、あまり他の宿泊客と接触したくない。

「もう少しですね。準備ができたらお声掛けしましょうか？」

「頼む」

昨日と同じ三番の部屋の前まで来ると、一応、ドアをノックする。

「はーい？」

マリアの声だ。

「俺だ。入ってもいいか？」

「あ、ロイドさん。どうぞー」

許可を得たので部屋に入ると、リーシャとマリアはベッドの上で買った荷物を整理していた。

「おかえり」

「おかえりなさーい」

「ああ。買い物は終わったか？」

外套《がいとう》を脱ぐと、自分のベッドに腰かける。

「ええ。こんなものね。まとめ終わったらそのカバンに入れてちょうだい」

「わかった。明日仕事をして、ある程度の資金が貯《た》まったら明後日の朝にはこの町を出よう。ロクな町じゃないわ」

「いいわよ。馬車？」

「いや、歩き。馬車は混むそうだ」

やはり他の人間と接触したくない。この国では極力そうするべきだろう。

「歩きね……わかったわ。テントなんかは買った？」

「買った。その辺はブレッドに聞いて、一式買ったから大丈夫だ。だが、地図がない」

「地図？　売ってないの？」

「売ってたが、この辺りのものしかない。ここの国から出るのが目的だし、もっと大きな地図が欲しいな」

「地図ねー……あるかもしれないところを知ってるわ」

ん？

「あるかもしれないってどういう意味だ？」

「ほら、リリスの町の名前を聞いたことがあるって言ったでしょ？」

確かにここに来ると決めた時に言ってた。

「思い出したのか？」

「ええ。ここって私の剣の師匠の家があるところだと思う」

ん？

「剣の師匠？　お前に師匠がいたの？　しかも、テールの人間の？」

「まあ、師匠っていうほど深く教えてもらったわけでもないけど、ウチを訪ねてきた時に見てもらったことがあるの。十歳くらいかな？」

へー……その時くらいにお前に剣の演習でボコされた記憶があるぞ。誰か知らんが、余計なことをしやがって……

「テールの人間がよくスミュールに会えたな？」

スミュールはウチの貴族では五指に入る公爵だぞ。

「テール出身ってだけで旅をしている人なのよ。剣聖ミレーヌって知らない？　陛下とも会われていたと思うんだけど」

覚えてねー。剣聖とか興味ないし。大魔術師とかなら喜んで会った。

「ふーん……あー、そうか。旅をしている人なら地図を持っているわけだな？」

「ええ。多分、持っているでしょ。昔のよしみで譲ってもらいましょう」

「そうだな……しかし、剣聖か」

強いんだろうな……

「私がいるから大丈夫よ」

「いや、俺がやる。魔法の方が良いだろう」

いくらリーシャが強くても剣聖っていうくらいだから強いんだろうし。

「いやいや、なんであなた方は初手が強奪なんですか……普通に譲ってもらいましょうよ。というか、家にいるんですか？　旅をしている方なんでしょう？」

それもそうだな。

「じゃあ、夕食までは少し時間があるみたいだし、行ってみるか。家の場所はわかるか？」

「そこまではわからないわね。剣聖っていうくらいだし、ギルドが知っているんじゃない？　ブレッドに聞きましょうよ」

「そうするか。じゃあ、行こう」

俺達は宿屋を出ると、ギルドに向かい、ブレッドに剣聖の家を知っているか聞いた。個人情報だし、教えてくれないんじゃないかと思っていたが、どうやら町の人なら誰でも知っているようで簡単に教えてもらえた。

ブレッドから家の場所を聞くと、歩いて家に向かう。

「ここじゃないですかね？」

とある家の前に着くと、マリアがブレッドからもらった地図と目の前の家を見比べた。

「剣聖っていう割には小さい家だな」

さっきの変人魔術師の家とさほど変わらない。

「旅をしているわけですし、こんなもんじゃないですか？」

家に帰ることが滅多にないのかもしれない。

「まあ、そうかもな……おーい、いるかー？」

納得すると、扉をノックする。しかし、うんともすんとも言わない。

「留守かね？」

「中から人の気配はしないわね」

リーシャの前では居留守すら無理か。

「やっぱり留守ですよ」

「そうかもな……うん？　鍵《かぎ》がかかっているな……」

ドアノブをひねってみるが、扉は開かない。

「そりゃ留守だったらそうですよ」

「ふーん……まあ、意味ないけどな」

そう言うと、再度、ドアノブをひねった。すると、扉が開かれる。

「え？　鍵は？」

「不用心な家だな」

「本当ね」

ったく、泥棒が入るぞ。

「いや、ロイドさん、魔法を使いましたよね？」

「知らん」

小さいエアカッターで鍵を切った気もするが、気のせいだろう。

「入るわよ」

「中で倒れているかもしれんしな」

救助しないと！

「もう何も言いません……」

マリアが諦《あきら》めたようなので家に入る。すると、いきなり目の前の壁に貼られた地図を発見した。

「これじゃない？」

「っぽいな……えーっと、北と東に町があるな。どっちに行っても脱出ルートはあまり変わらん」

「そうねー……でも、このマークは何？　ここと東の町との間に剣が交差しているマークがあるけど？」

なんだこれ？

「戦いのマーク？　盗賊でも出るんじゃないか？」

「あら？　腹いせができそうね」

「そうだなー……」

空賊も盗賊も同じだ。不時着させられた恨みは絶対に忘れない。

「もういないんじゃないです？　この地図、結構、年季が入ってますし」

確かに古いように見える。

「どうするかねー？　見た感じは北の町の方が大きいぞ」

「そうねー……まあ、帰って検討しましょう」

「それもそうだな」

そう答えながら壁に近づくと、地図を剥《は》がす。

「泥棒……」

マリアがボソッとつぶやいた。

「ちょっと借りるだけだよ。料金は払う」

そう言いながらテーブルに金貨一枚を置く。

「十分でしょう。お腹《なか》が空《す》いたし、帰りましょう」

「そうだな。マリア、ワインを頼んでいいぞ」

「ありがとうございます！　良いものを拾いましたね！」

「だなー」

俺達は地図をしまうと、家を出て、宿屋に戻った。宿屋に戻ると、地図を見ながらテール王国からの脱出ルートを検討していく。

「それにしてもお前に師匠がいたのは知らなかったな」

「まあ、本当に見てもらっただけね。でも、剣聖って呼ばれるくらいにはすごい使い手だったわ」

へー……

「リーシャ様、その方って男性です？」

マリアがリーシャに確認した。

「いや、さっきミレーヌって言ったじゃないの。女性よ、女性」

確かにミレーヌは女の名前だろう。女の身で剣聖と呼ばれるくらいに強いのはすごいな。そっちの分野は興味ないからまったく知らんかったが。

「そうですか……ですって」

微妙に口角が上がっているマリアが俺を見る。

「そうか。どうでもいいな」

「そうですか……」

俺が答えると、マリアが顔を背けた。すると、リーシャが俺に近づいてくる。

「殿下、わたくしは殿下以外の男性にはお父様ですら触れられたくないです」

いや、スミュールはいいだろ。父親だろうが。

「別に気にしてないぞ。お前が剣術を好きなことは知ってるしな」

なんであんなもんが好きなのかわからないが、リーシャも逆に俺がなんで魔法が好きなのかわからないだろう。人の嗜好《しこう》はそれぞれだから仕方がないことだ。

「殿下、我らの国は武を尊ぶため、剣術を得意とする客人がよく来ます。ですが、私が教えを乞《こ》うたのはミレーヌ様だけです」

まあ、こいつの場合、男とはしゃべらないからな。親であるスミュールも夫人も止めるだろう。

「だから気にしてないって」

「殿下、わたくしは殿下を愛しておりますし、殿下と一緒になるのがわたくしの一番の望みです。この言葉に嘘はないですし、わたくしは殿下に嘘をつきません」

リーシャがまっすぐ俺の目を見て、告げてきた。性格が真っ黒な下水だが、リーシャが俺に嘘をついたことがないのは確かだ。

「そうか……」

本当に気にしてないんだが、嫉妬深《しっとぶか》いリーシャは気にしてほしいし、気にすると思っているんだろうな……だって、自分は絶対に気にするから。

「殿下……」

リーシャがさらにもう一歩、近づいてくる。

俺はそんなリーシャの頬に触れた。

頬に触れているリーシャの手を取る。

「リーシャ……」

「あのー……脱出ルートの検討を……」

さすがにマリアが何かを察して止めてきた。

「それもそうだな……」

「そうね……」

俺達は話し合いに戻り、地図を見る。

「なんかごめんなさい……」

謝るな。

俺達はその後も地図を見ながら今後の計画を立てていく。しばらくすると、夕食の準備ができたと宿屋の女が知らせに来たので食堂に向かい、食事を堪能した。そして、部屋に戻ると、三人で少し話をし、いい時間になると、リーシャが風呂《ふろ》に入りに風呂場に行った。

「殿下ってリーシャ様のことが好きなんですか？」

二人でワインを飲んでいると、マリアが聞いてくる。

「何だ、その質問？」

「いや、どうなのかなーって……一般的な婚約者同士の関係に見えないもんで」

一般的がわからんな……

「子供の頃からの付き合いだしなー……」

「いつ頃から好きなんですか？」

女子はこういう話好きだなー……

「さあ？　他に話す人もいないし、自然とあれが隣にいた感じ？」

「あっ……なんかごめんなさい」

だから謝るな。

その後、リーシャが風呂から上がってきたのでマリア、俺の順に入り、この日は早めに就寝した。

第四章　華麗なる廃嫡王子様

冒険者としての初仕事をした翌日。

俺達は朝食を食べると宿屋を出て、ギルドに向かった。ギルドは相変わらず、美人の受付嬢のところには列ができていたが、ブレッドのところは空いていたのでそこに行く。

「よう、ホント、人気ねーな」

カウンター越しのブレッドに、軽口を言う。

「いつものことですよ」

ブレッドが苦笑した。

「仕事を頼む」

「はい。その前に皆様の冒険者ランクがEランクに上がりましたので冒険者カードを更新いたします。提出を」

「早いな……一日しか働いてないのに」

俺達は冒険者カードを出し、受付に置く。

「FからEはすぐですよ。それに昨日の仕事はDランク、Cランクの仕事ですからね」

そんな仕事を初対面の俺らにくれてありがとう。

「では、こちらが新しいカードになります」

そう言って出された三枚のカードは前のカードと何ら変わらなかった。

「一緒じゃん」

「いえいえ、裏面をご覧ください」

そう言われたのでカードの裏を見てみる。すると、Eランクと書かれていた。

「……もっとないの？　ランクが上がるとカードに装飾が付くとかさー」

ショボすぎ。

「予算が……」

あっそ。

「ふーん……まあいいわ。それで仕事は？」

「はい。こちらになります」

ブレッドはそう言って、一枚の紙を受付に置いた。それを手に取り、内容を確認する。

【魔法の結界張り　金貨百枚】

うーん……

「それはロイド様への指名依頼になりますね」

ジャックが追加情報を教えてくれる。

「誰からの指名だ」

「領主様です」

領主……

「昨日の変人の推薦か？」

「はい。ジェイミー様の推薦です」

あの変人、ジェイミーって言うらしい。余計なことを……

「断れるか？」

「できたら受けていただけると……」

チッ！　これは断れんな……

「わかった」

「ロイドさん、受けるんですか？」

俺が了承すると、マリアが心配そうに聞いてくる。俺達の状況からこの国の貴族との接触は絶対に避けるべきである。

「まあな。報酬も悪くない。ブレッド、領主の家に行けばいいのか？」

「はい。領主様の家はこの町の中央です。大きな屋敷ですのですぐにわかると思います」

「了解。行ってくるわ」

了承すると、すぐにギルドを出た。

「逃げる？」

ギルドを出ると、すぐにリーシャが聞いてくる。

「それは悪手だ。普通に行こう」

「それもそうね。これまで上手《うま》くやれてたのにねー」

リーシャが笑った。

「しゃーない。上手くいきすぎだろ」

「まあね」

「どういうことです？」

マリアが聞いてくる。

「行けばわかる。さっさと終わらせて次の町に行こうぜ。早くこんな国を抜けたいわ」

「だ、大丈夫なんですか？」

マリアがリーシャを見る。

「ロイドが大丈夫って言うなら、大丈夫よ。殿下を信じなさい。それにたかがこの程度の町の領主ならどうとでもなるわよ」

「わ、わかりました」

マリアが納得したようなので町の中央にある領主の屋敷を目指すことにした。しばらく歩くと、高い壁に覆われた屋敷が見えてくる。

俺はそのまま歩き、槍《やり》を持った門番が立っている鉄製の門に向かった。

「ここは領主様の屋敷です。用のない者は入れません」

門に近づくと、門番が注意してくる。

「俺はロイド。ギルドから来た。指名依頼だそうだ」

そう言って、冒険者カードを見せた。

「確かに……領主様より伺っております。どうぞ中へ」

冒険者カードを確認した門番はそう言うと、門を開ける。

「ご苦労」

堂々と門をくぐると、歩いていく。すると、屋敷の入口の前に執事服を着た初老の男性が姿勢を正して待っていた。

「お待ちしておりました、ロイド様、リーシャ様、マリア様。わたくしはこの屋敷の執事長をしているネイサンと申します。以後、お見知りおきを」

うーん、立派だ。前にジャックを執事にしてやるって言ったが、これは無理だな。ジャックがこんなことをしたら多分、笑っちゃう。

「どうも。領主は？」

「中でお待ちです。どうぞ」

ネイサンは玄関の扉を開き、俺達を屋敷に招き入れてくれる。そして、そのまま歩いていき、奥の扉の前まで行くと扉をノックした。

「領主様、ロイド様とその奥方様をお連れしました」

『入ってもらってください』

中から女の声が聞こえた。多分、まだ若いな。

「どうぞ」

ネイサンは扉を開けると、俺達に中に入るように促してきたので、促されるまま部屋に入った。

部屋は領主の執務室のようで部屋の奥には作業用のデスクが置いてあり、手前には応接用のソファーとテーブルが置いてあった。そして、ドレスを着た若い女がソファーに座ったまま、待っていた。

「どうぞ、お座りになってください」

女領主は座ったまま、俺達に対面に座るように促してくる。

俺はさっさとソファーまで行くと、腰かけた。リーシャもまた俺の隣に座る。

「わ、私は立ってます……」

身分の低いマリアが遠慮する。

「いいから座れ。第二夫人だろ」

「あ、はい……そうでした」

マリアは大人しくリーシャの隣に座った。

「依頼を受けてくださり、ありがとうございます。私はこの地方を治めるルイーズ・ウィリアムです」

「伯爵か？」

「そうです」

まあ、この規模ならそのくらいだろう。だからマリアが遠慮したのだ。それにしても、まだ若いのに領主になったのか。大変だろうな。

「どうぞ」

ネイサンが俺達の前に紅茶を置いたので、カップを手に取ると、すぐに飲んだ。

「まあまあだな」

「そう？　良い茶葉を使っているけど、少し香りが薄いわ。使いまわしは良くないと思う。お客様に出す茶葉は常に新しくしておかないと」

リーシャがそう言うと、領主の口元が少し引きつった。

「二人共ー、いちいち貶《けな》すのはやめましょうよー」

お茶に手を付けていないマリアが困ったように言う。マリアはお茶を飲むことができない。何故《なぜ》なら毒とか入ってた時のために回復魔法が使えるマリアは飲んではいけないのだ。

「正直な本音を言っただけよ」

「正直は美徳だなー」

嘘ばっかりついてるけど。

「も、申し訳ありません……」

マリアが領主に向かって、頭を下げた。こんな奴に下げる必要なんてないのに。

「い、いえいえ。構いません。少し、古かったのかしら？」

領主はそう言って、自分の分の紅茶を飲む。なお、俺は茶葉の差による味の違いなんかまったくわからない。

「それで？　依頼とは？」

お茶もリーシャのマウント取りも興味がないので早速、本題に入ることにした。

「そうですね……」

領主がカップをテーブルに置いた。すると、部屋のドアが急に開き、武装した数人の兵士が剣を抜いた状態で入ってくる。そして、俺達に剣を向けてきた。どうやら、カップをテーブルに置くのが合図だったようだ。

「ひえっ！」

剣を向けられたマリアがビビって、リーシャに抱きつく。

「まさかエーデルタルトの王子と貴族がこの国に来るなんてね」

領主は再び、カップを手に取り、優雅に飲みだした。

「無礼ね。実に無礼です。他国とはいえ、伯爵風情がこのわたくしに剣を向けるだけでも許されないというのに、あまつさえ、殿下に剣を向けるとは……万死に値する」

リーシャは無表情のまま、手を剣の柄《つか》に持っていく。すると、俺達を囲んでいる兵士に緊張が走った。

俺は剣の柄を掴《つか》んでいるリーシャの美しい手に自分の左手を重ね、首を横に振る。すると、リーシャの頬が少し赤くなった。

「こんな状況で発情しないでくだ――あいた！」

リーシャに抱きついていたマリアは呆《あき》れた様子で見上げ、苦言を呈したが、すぐにリーシャに頭を叩《たた》かれてしまった。

「ルイーズとか言ったな？　お前、魔術師相手にこんな兵士でどうにかできると思っているのか？」

俺はリーシャとマリアを無視し、領主を見る。

「相手になりませんか？」

「どうあがいても俺の魔法の方が速い」

魔術師を舐《な》めるな。ましてや、俺は無詠唱で魔法を放てるのだから相手にならない。

「では、魔術師には魔術師で対抗するのはどうです？」

領主がそう言うと、部屋に薄汚いおっさんが入ってきた。もちろん、昨日の変人ことジェイミーである。ジェイミーは部屋に入ると、まっすぐ領主のもとに行き、領主の斜め後ろに立つ。

「確かに魔術師だ。だが、これでお前が何も知らないシロウトだということがわかった」

「どういう意味です？」

領主が俺を睨《にら》んできた。

「ジェイミーだったか？　お前、俺に勝てると思っているのか？」

立っているジェイミーを見上げる。

「まったく思っておらん」

ジェイミーは真顔で首を横に振る。

「どういうことです？」

領主もジェイミーを見上げた。

「ワシとそいつではワシの方が魔術師としての腕は上だ。それに経験もある。だが、そもそもタイプが違う。ワシは研究職のデスクワーカーでそいつは戦闘タイプの魔術師だ。相手になるわけがない」

「……少しくらいは頑張れませんか？」

「何故、ワシがそんなことをせねばならんのだ？　ここに来るのも面倒この上ないというのに」

「くっ！　伯父上に頼った私がバカでした！」

伯父かい……あー……だからこの変人がわざわざ王都から引っ越してきたんだ。姪《めい》に頼まれたから了承したのだろう。

「帰ってもいいか？」

伯父さんは姪っ子を置いて帰ろうとする。

「ダメです！　お前達、下がりなさい！」

領主が兵士達に命じると、兵士達は大人しく部屋を退室していく。伯父さんもまたどさくさに紛れて兵士と一緒に帰ろうとしたが、執事のネイサンに首根っこを掴まれていた。

「戯れは済んだか？　俺は懐が深いから面白い喜劇だったと流してやろう」

「わたくしはつまらなかったですわ。これならまだ昨日のオークの方が楽しませてくれます」

リーシャってなんでこんなに好戦的なんだろうか？

「あまり驚かないんですね？」

領主が口元を引きつらせながら聞いてくる。

「ここまでができすぎだったからなー」

「というか、わたくし達は一流の貴族です。いちいち表情に出すあなたとは違うわ」

リーシャがまたもやマウント取りをすると、領主の口元がさらに引きつる。なお、リーシャに抱きついていたマリアは無言でリーシャから離れると、姿勢を正した。

「そ、そうですか……」

「それで？　お前の二流さなんかはどうでもいいが、用があるのは確かなんだろ？　金貨百枚に色を付けろよ。俺らは一流だが、貧乏なんだ」

金貨三十枚しかない。

「貧乏の時点で三流な気もしますが、今はどうでもいいです。実は仕事を頼みたいのは確かなんです。もちろん、料金も払います」

「他を当たれば？　俺らに頼むのはお前としてもリスクがでかいだろ」

テールの貴族が敵国であるエーデルタルトの王子や貴族と繋《つな》がるって相当なことだ。というか、国に対する明確な裏切りである。

「それでも頼まないといけないのです」

「ふーん……よほどのことか？」

「はい」

「内容は？」

「空賊の捕縛……というより討伐です」

あー……そういうことね。

「もうめんどくさいからジャックを出せよ。どうせいるんだろ？」

そう言うと、急に執務用のデスクの向こうからジャックが現れた。

「は？」

「え？」

「ひえ」

俺達は急に現れたジャックにびっくりする。

「よう」

ジャックが陽気に手を上げる。

「びっくりしたー。お前、ずっとそこにいたのか？」

「ああ。ずっと机の下にいた。暇だったわ」

だろうな……いや、部屋の外で待っておけよ！

「リーシャ、気配はあったか？」

リーシャに確認する。

「……なかった」

リーシャでもわからなかったのか。

「まあ、落ち込むなよ。俺はAランクだぜ。それにこういうのが専門だ」

ジャックはそう言うと、デスクにある領主の席であろう豪華な椅子に腰かけた。

「あ、あのー、なんでジャックさんがここに？」

マリアが聞いてくる。

「そりゃ、全部、俺らが誘導されてたからだ」

「そうね」

俺が答えるとリーシャも頷《うなず》く。

「え？　本当です？」

「お前、ここまで順調すぎると思わなかったか？　森に落ちて途方に暮れてたらAランク冒険者が助けてくれて至れり尽くせり。町に着いたらギルドが良い仕事をくれて金を稼げて、依頼主は魔法のカバンまでくれたんだぜ？　俺ら、運が良すぎだろ」

どう考えても都合が良すぎる。そもそもなんであんなところに伝説と呼ばれたAランク冒険者がいるんだよ。

「それで明日にはここを出ようとしたら領主からの依頼だもの。バカでもわかる……いえ、何でもないわ」

リーシャがマリアに気を使ったが、遅かったようで、マリアはしょんぼりしながら俯《うつむ》く。

「貴族っていうのは怖いねー。バカっぽかったのにちゃんと考えてる。何よりもそれを顔に出さないのがすげー。俺、上手《うま》くやったつもりだぜ？」

ジャックが陽気に笑う。

「上流階級は騙《だま》し合いよ。それにあなたは私のことを絶世の嬢ちゃんと呼んだ。これはない」

俺もこれには気付いていた。

なんでリーシャが絶世と知っている？　有名だが、それはエーデルタルトにおいてのみである。

何よりも俺達はジャックに自己紹介をしていないのだ。

「あー……そういやそうだな。ほれ、俺、お前らの国に行ったことがあるって言っただろ。だから知っているんだよ。絶世の公爵令嬢リーシャ・スミュール」

「そうだな。そしてもちろん、その婚約者が王子である俺なことも知っているわけだ……お前、俺らが野宿をしている間にそれを領主に報告したな？」

俺達が平野で野宿をした時、ジャックは仕事があると言って、その場からいなくなった。あの時に領主に報告したのだ。

「参った。貴族はこえーわ。謝るよ」

「別に謝ることはない。事実、俺達は助かった」

だから特に問題にしなかったのだ。こいつらにどんな思惑があろうが、俺達は楽にここまで来られたし、金を儲《もう》け、魔法のカバンまでもらった。何の問題もない。

「えっと、つまり、全員グルってことですか？」

マリアが聞いてくる。

「そうだ。もちろん、ギルドのブレッドもだ」

ブレッドを紹介したのがジャック。そして、ジェイミーと領主の仕事を持ってきたのがブレッドだ。全員、繋がっている。

今思えば、ジェイミーの仕事は変だった。ギルドを通して依頼を受けたのに依頼料を直接ジェイミーから受け取ったし、追加料金の話もギルドを通さなかった。本来ならギルドにも利益が出るようにギルドが間に入らないといけないはずである。そうしなかった理由は簡単。あの依頼はジャックから俺達の情報を聞いた領主が仕組んだものなのだ。だから依頼料の代わりに俺達が欲していた魔法のカバンをくれた。

そう考えてみると、ブレッドが提示してきた依頼はどれも俺達の実力を測るための依頼のように思えてくる。

「ひえー……私、全然わかんなかったです」

「お前にそんなことは期待していない」

貴族は騙し合いだが、マリアは貴族学校でも皆に好かれていたし、身分が低すぎて明らかに敵にならないのはわかっていたから、こういう騙し合いに参加することはないのだ。まあ、だからこそ、皆に好かれていたんだろうけど。

「ですかー……」

マリアがしょんぼりすると、リーシャがマリアの肩を抱いた。

「それで？　ここまでしてまで頼みたいことは空賊の討伐だったな？　もしかしなくても俺らを襲

った空賊か？」

俺は領主を見る。

「そうです。一から説明しましょうか？」

「頼む」

なんで俺らが空賊に襲われたのかを知りたいわ。

「まずですが、昨年くらいからこの辺りに空賊が出るようになりました」

「討伐しろ」

それが領主の仕事だ。

「できたらしています」

「できないのか？」

「はい。空賊はパニャの大森林上空に現れるのですが、討伐の飛空艇を出すと、すぐに消えるのです」

消える……

「大森林のどこかに根城でもあるのかね？」

「そう考えています。ですが、見つからないのです」

「ふーん……」

巧妙なのかね？

「私はなんとか賊を捕らえるために囮《おとり》を出したり、小型の飛空艇で偵察をしているのですが、上手くいきません」

「具体的には？」

「商船に見せかけたりしても引っかかりませんし、小型の飛空艇はすぐに撃墜されます」

囮に引っかからない？　それって……いや、それよりも小型の飛空艇は撃墜の方だ。それはつまり、俺らが執拗《しつよう》に追いかけ回された理由って……

「お前らのせいかよ……」

「とんだ迷惑ね」

「私の運が悪いせいじゃなかったー……」

俺とリーシャは空賊に襲われた理由を察して、嫌な顔をするが、マリアだけはほっとしている。

「どういうことでしょう？」

「ジャックに言ったが、俺らは小型の飛空艇に乗ってたんだよ。それを空賊に襲われたんだ」

「墜落しましたー」

不時着な。

「それは本当ですか？　ジャックから報告は聞いていますが、あそこを通る定期船はないはずです」

「あれは俺のプライベートな飛空艇だ」

けっしてハイジャックじゃない。

「そうか？　あれは定期船だったぜ？」

どうやらジャックはそこまで確認していたようだ。

「どういうことでしょう？」

俺とリーシャは領主にそう聞かれると、知らぬ存ぜぬでそっぽを向いた。

「あの、それが一流の貴族ですか？」

うるさいなー。

「知らん」

「話してください。報酬に色を付けますから」

「リーシャがエーデルタルトの王宮に放火してな。それで逃げるために飛空艇をハイジャックした」

さあ、金を寄こせ。

「放火したのは殿下でしょう」

「お前だろ」

「両方ですぅ……」

俺はちゃんと大事にならないように計算していた。

「え？　放火？　あなた、王太子ですよね？　で、あなたは公爵令嬢ですよね？」

領主が混乱したように俺とリーシャを交互に見てくる。

「その辺は気にするな。他国のお前には関係ない」

深くは聞くんじゃない。ただの腹いせで理由なんてないんだから。

「まあ、落ち着けって。つまりお前さん方は正規の船じゃなくてイレギュラーだったわけだな？」

いまだに領主の本来の席に座っているジャックが確認してくる。

「そうだ。だからお前らの偵察船と間違えられたんだ。おかしいと思ったんだよなー。あんなロクな積み荷もないだろう小型船を執拗に追いかけ、砲弾をバンバン撃ってくるんだから」

明らかに過剰だった。

「なるほどねー。お前ら、ツイてないな」

ジャックがそう言うと、マリアがビクッとした。

「まあ、俺らが撃墜……不時着させられた理由はわかったわ。それでジャックが来たのか？」

「はい。実はこちらも謎の小型飛空艇が現れたことは知っていました。この状況ですので張っていましたからね」

領主が答える。

「助けろよ」

「いや、空賊の仲間かと思って……そうしたら撃墜されたという報告を受けたため、ジャックに調査を命じたわけです」

不時着な。

「それで俺らに会ったと？」

俺はジャックを見る。

「そういうわけだな」

なるほどねー。

「で？　依頼の話に戻るが、空賊は見つかっていないんだろ？　どうやって討伐するんだ？」

「そこです。実はあなた方のおかげで事態が急速に進んだのです」

俺らのおかげ？　何かしたか？

「なんで?」

「ジャックはあなた方を救助しましたが、あなた方はボロボロだったそうですね?」

「だな」

ひどいもんだったわ。

「そこでハピ村に寄った」

「ああ。ジャックがジャイアントベアの討伐の依頼報告のついでに案内してくれた」

「ジャイアントベア?」

領主がジャックを睨《にら》む。どうやらその件は報告していないらしい。

「そこはいいじゃねーか。ついでだよ、ついで。俺はあんたの雇われじゃないんだぜ? 許される範疇《はんちゅう》だよ」

「……まあいいです。そこで服を買ったんですよね?」

領主はジャックをスルーし、俺達の服を見てくる。

「そうだな。良い買い物だったわ」

「そうね。値段の割には良い感じだし、田舎《いなか》のくせに良い仕事をするわね」

ホント、ホント。

「そこです。自分の領地をこう言うのもなんですが、あんな村には不相応の服です」

「そうなのか?」

「この程度はどこにでもあるでしょ」

俺もそう思う。

「お前さん達は上流階級すぎてその辺がわからないんだよ。別視点から見てみよう。魔術師の兄ちゃん、お前さんが目利きして買った杖《つえ》は一本金貨三枚だったな？」

ジャックが聞いてくる。

「だったな」

「だが、実際はお前さんの目利きの通り、金貨数十枚だった。おかげで儲かったわ」

ほっ……俺の目利きが外れてなくて良かった。外れてたら国一番の魔術師の称号を返上するところだった。

「良かったな。俺に感謝しろ」

「ありがとよ。そこでだ、あの店主はなんであんな良いものを金貨三枚で売ったんだ？」

「わからないからだろ。お前も言っていたが、魔術師じゃないから杖の良し悪しがわからなかったんだ」

「そうだ。その通りだ。では、あの杖はどこから仕入れたものだ？」

あー……そういうことね。

「商人から仕入れたものじゃないわけか」

「そういうことだ。商人から仕入れたものならば、あの値段では売らん」

「つまり別ルート」

「そうだ。そして、それはお前さん……いや、嬢ちゃん達の服もだ。値段と質がまったく釣り合ってない」

俺の服は安物だったもんな。

「なるほどねー」

「俺は嬢ちゃん達を待っている間に他の武器も見ていたが、値段の付け方がひどかった。そこで俺はピンときた」

「奪ったものか……」

あの店は盗品を売っていたわけだ。そりゃ値付けが無茶苦茶にもなるわ。

「そういうことだ」

つまり、あそこの村は空賊の仲間。もしくは、空賊。

「そりゃ、責任問題だなー」

笑いながら領主を見る。

「そういうことです。領民が空賊に加担するなどありえません。これは私の責任問題です。これが露呈したら私は街中に首を晒《さら》すことになるでしょう」

でしょうね。

「秘密裏に処理したいと」

「そうです。だからあなた方の国籍や身分などどうでもよいのです。むしろ今は優秀な魔術師が欲しい」

俺達のことを報告しようがしまいが、このままでは自分の首が飛ぶわけだ。

「仕事が終わった後に俺らを突き出せば？」

口封じのために殺してもいい。

「この地はエーデルタルトと隣接していませんし、国同士の争いに興味はないです。依頼を受けてくれるのならば、私の名で通行証を発行しましょう。それがあれば、どんな関所も通行できますし、王都だろうが、どこにでも行けます。さっさとこの国から出ていってください」

通行証なんてあるの？　というか、関所⁉

「関所って？」

「この国の貴族は一枚岩ではありません。むしろ、領地同士で争っているところもあります。そういうところには関所があるんです。ですが、その通行証があれば、私から依頼を受けた冒険者ということで怪しまれずに通行できます」

他国には他国の問題があるんだなー。

「なるほど。くれ」

「では、依頼を受けていただけるんですね？」

「ああ……実は空賊が殺したいほど憎いんだ」

ウチのマリアがトラウマで高所恐怖症になっちゃったんだぞ！　あと俺も魔法を一つ失ったんだぞ！

「それは良かったです」

領主が笑顔で頷《うなず》いた。

「殿下、良いのですか？　他国のことですけど……」

マリアが心配しているが、俺は領主の依頼を受けることにした。通行証とやらも欲しいし、金も欲しい。それに何より、この依頼を断ることができないからだ。この依頼を断れば、こいつらは俺達を殺すか、国に突き出すだろう。もちろん、俺達も抵抗する。だが、たとえ勝ったとしても俺達はお尋ね者となってこの国を抜けないといけない。それはどう考えても無理だ。ならば、依頼を受けて、空賊に復讐《ふくしゅう》し、報酬を得た上で通行証を手に入れた方が良いに決まっている。

「問題ない。それで？　依頼を受けるのは良いが、空賊の根城はわかっていないんだろ？　どうするんだ？　あの村に突撃するか？」

「いえ、それは良くないです。空賊が逃げる可能性もありますし、事が大きくなってよその領地に感づかれるかもしれません」

さっき、領主同士で争っている地域もあるって言っていたが、この領地にしてもどこかと争ってるのかもな……

「では、どうする？　どっちみち、村の連中を無罪放免にはできないだろ」

賊は問答無用で打ち首だ。それに加担した者も当然、打ち首となる。

「村人はこちらで対処します。あなた方には空賊の根城に火をつけてほしいのです」

「火？」

「はい。そうすれば、場所がわかりますので私の軍が動けます」

「あんな広い大森林から探し出せと？　いや、そうか……村と繋《つな》がっているならそう遠くないのか」

盗賊だって、飯を食うし、物資だっている。あの村はそういう村なんだ。

「はい。間違いないでしょう。飛空艇を操れない村人は空賊ではないでしょうし、空賊が村に略奪品を提供し、村が食料などの物資や情報を提供していると思います」

俺もそう思う。飛空艇を操るには魔力がいる。あの村程度の規模では魔術師はいない。いても一人、二人だろう。

「わかった。じゃあ、あの村付近を捜索すればいいんだな？」

「はい。ただし、村には入らないでください。あなた方は目立ちすぎますし、さすがに村人が疑います」

まあ、この前来た見目麗しい人間達がまた来たら変だと思うか……

「村には入らずに森の捜索か……」

「そうなります。ジャック、あなたもロイド様達と一緒に行きなさい」

領主がジャックに命じる。

「もちろんだぜ。この作戦は夜に動くことになる。こいつらだけでは無理だ」

俺達としてもジャックがいた方が良い。

「では、早速ですが、すぐに動いてください。作戦は明日の夜です」

今から行けば、明日の夕方には着くか……

「わかった。だが、報酬は先払いで頼む」

俺は領主に要求することにした。

「何故《なぜ》です？　普通は後払いでしょう。もしくは半分を前金です」

普通はそうだろうな。報酬の持ち逃げとかあるし。

「俺達はこの依頼を終えたらさっさと次の町に行く。一つの場所に長居したくないんだ。エーデルタルトとテールは敵対しているとはいえ、民や商人の移動を禁じているわけではない。もしかしたら、俺達を知っている者が現れるかもしれない」

「それは……まあ、ありうるかもしれませんね」

領主はリーシャをチラッと見た。リーシャは本当に絶世の美女だ。一度見たら忘れないレベル。それに俺達だって、異国の商人とは普通に会う。珍しいものを売り込みに来るし、俺達もそれを普通に買うからだ。

「そういうわけで前払いだ」

「逃げる気は？」

「その時は追手を出せ。こっちは徒歩だ。それとも軍を使っても俺達を捕まえられないのか？」

いくら俺達でもさすがに騎兵は無理だ。

「……わかりました。こちらとしても長居してほしくないのは同じですし、そういうことにしましょう。ネイサン」

「はっ！」

領主が執事に声をかけると、執事が退室していった。

「俺達は依頼を終えたらお互いのことを何もかも忘れる。いいな？」

「はい。もし、どこかで捕まっても私の名前は出さないでください。通行証も盗んだもの」

「わかっている」

俺と領主が頷き合うと、執事が布の袋と書類を持って戻ってくる。そして、俺の前に来た。

「どうぞ。金貨百五十枚と通行証になります」

「二百枚くらいくれてもいいぞ」

金貨が入っているだろう重たい袋と通行証をカバンに入れながら一応、要求してみる。

「それで十分でしょう。私も危ない橋を渡っていることを理解してください」

まあ、たいした仕事じゃないし、それで金貨百五十枚と通行証をもらえるならそれでいいか。これで次の町では少しゆっくりできそうだ。

「冗談だよ。じゃあ、俺達は出発する。ジャック、行こうぜ」

「おう」

俺達はジャックが頷いたので立ち上がった。

「ネイサン」

「はい……こちらへ」

領主が声をかけると、執事が頷き、促してくる。どうやら見送ってくれるらしい。

俺達は執事と共に部屋を出ると、屋敷の玄関まで戻ってきた。

「では、皆様、よろしくお願いします」

「ああ。任せておけ。賊は根絶やしだ」

一人も逃がさん。

「頼もしいですね。こちらもすぐに準備に取り掛かります」

「一つ聞いてもいいか？」

「何でしょう？」

「先ほどのルイーズの口ぶりからして、この領地もどこかと争っているんだろう？　それはどこだ？　動くにしてもそこは避けたい」

ルイーズの通行証を使うと逆に捕まる可能性もある。

「あまり大きな声では言えませんが、ここより北の領地ですね。規模も経済力もこの地とさほど変わりません」

拮抗《きっこう》しているから争いになっているんだろうな。しかし、北ねー……

「そうか……参考になった。では、俺達はハピ村方面に向かう」

「お気をつけて」

執事がそう言って頭を下げたため、屋敷を出た。そして、敷地を出たところでジャックが立ち止まり、俺達を見てくる。

「悪いが、先に門のところで待っててくれや。ちょっと準備がいる」

「準備？」

「夜中の活動になるからな。特殊なアイテムがいるんだ。俺の分だけしか用意してなかったからお前らの分も買ってくる」

「わかった。門で待ってる」

俺達はジャックと別れると、門に向かって歩き出した。

「ロイドさん、本当に依頼を受けるんですか？」

歩いていると、マリアが聞いてくる。

「もちろん。空賊を殺してやるわ」

「それは私もそうしたいです。あんな目に遭わされましたし、賊は容赦なく殺すべきです。ですが、ロイドさんの身に何かあったら……」

マリアは心配してくれてるようだ。

「問題ない。それに……リーシャ」

俺はリーシャの名を呼んだ。

「三人ね。まあ、どうとでもなるけど」

リーシャは俺の意図を汲《く》んでくれた。

「見張り、ですか？」

「俺達がちゃんとハピ村に向かうかの確認だな」

「ですかー……まあ、そうですよね」

あの領主も危ない橋を渡っているわけで保険をかけるのは当然だ。

「さっさと終わらせて次の町に行こう。次の町では豪遊させてやる」

金貨百五十枚もあるから十分に豪遊できる。

「ふふっ。期待してます」

マリアが微笑《ほほえ》んだ。

俺達はそのまま歩き、門に着くと、ジャックを待つ。そして、しばらく待っていると、ジャックがやってきた。

「悪い、悪い。待たせたな」

「たいして待ってない。さっさと行こう」

俺達は門を抜けると、以前と同じようにジャックを先頭にハピ村に向けて歩き出した。

「いやー、それにしても放火はおもしれーわ」

ハピ村に向けて出発すると、ジャックが楽しそうに笑う。

「俺は面白くない。おかげで、こんなことに巻き込まれた」

「人生、そういうこともある。ところで、絶世の嬢ちゃんはなんで下水令嬢なんだ？　下水って言うほど性格が悪いようには見えないんだが……」

「それは殿下が……あ、いえ、何でもないです」

マリアが何かを言おうとしたが、途中で口を噤《つぐ》んだ。

「昔、下水にモンスターが出たことがあって、それを意気揚々と倒しにいったからだな」

嘘はついていない。本当はその報告を聞いた時に『下水みたいな性格の女が下水に行ったか……』ってボソッとつぶやいたから。それを聞いていた女が皆に広めたのだ。さて、誰が悪いでしょう？　俺は性格の悪いリーシャが四割で面白がって皆に広めたマ……女が六割だと思うな。

「無茶苦茶するな……まあ、俺は仕事が楽そうでラッキーだな」

仕事か……

「お前、こんな仕事も受けるんだな」

「ん？　こんな仕事とは？」

「盗賊の討伐」

意外だ。モンスター専門かと思っていた。

「あー、それか。俺はお前さんみたいな魔術師じゃないし、絶世の嬢ちゃんみたいな剣士でもない。もちろん、ちっちゃい嬢ちゃんみたいなヒーラーでもない。身体《からだ》も大きくないし、力もそんなにない」

確かにジャックはそこまで大きくはない。むしろ、リーシャと同じくらいで男としては小さい部類に入るだろう。

「まあ、そうだな。お世辞にも強そうには見えない」

「だろ？　俺は知識、経験なんかで生きる冒険者だ。そういう積み重ねでAランクになった。そんな俺が最初にやっていた仕事は調査や採取なんかだ。だからこういう森の中の捜索とかが向いているんだよ。今回は空賊だが、山賊なんかの野盗は隠れ住んでいるからな。そういうのを見つけるのも俺の仕事さ」

当然、上手《うま》くいくだけではない。野盗に見つかれば戦闘か。

「苦労したんだなー」

「だから言っただろ。苦労の方が多い。冒険記に書いているのは上澄みもいいところよ」

ジャックの冒険記は今のところ三冊出ている。こいつは三十年も冒険をしてきたのにたったの三冊だ。本に書かれなかった冒険や仕事の方が圧倒的に多いはずだ。

「仲間がいたんじゃないのか？　冒険記にそう書いてあっただろ」

確か、ジャックを含めて五人パーティーだったはずだ。

「ああ、それな。結構後の話だ。あいつらと組んだのは何年だったかな？　詳しい年数は忘れたが、十年近くは組んだと思う。それ以前とその後はずっとソロだよ」

十年って長いな……。

「なんで解散したんだ？」

冒険記には解散の話なんか書いていない。

「あー……悪い、詳しくは言えねーわ。でも、ケンカ別れとかじゃない。円満な解散さ。まあ、パーティーなんていずれは解散する。誰かが死んだり、引退したりするからな」

確かに年を取ればそうなるか……俺達もそうなるんだろうか？　あ、いや、その前にウォルターに着いて終了か。さすがに十年もかかるとは思えないし、思いたくもない。

「もうパーティーは組まないのか？」

ついてこないかな？

「俺は冒険がメインではなく、物書きがメインなんだよ。だから色んなところに行くし、金にならないこともする。そんな奴と組む奴はいねーよ。それにあいつらには絶対に言えないが、あいつら以上のパーティーはない。もう誰とも組む気がねーよ」

うーん、ちょっとかっこいい。

「なるほどねー」

「まあ、そんな経験のある俺からしたら今回の仕事もそう珍しい案件じゃない。だから安心しな。たいした危険はねーよ」

ジャックがそう言うならそうなんだろう。

俺は少し安心し、歩き続けた。しばらく歩いていると、リリスの町に来た時とは逆にどんどんすれ違う人が少なくなっていくのがわかる。そして、さらに歩いていくと、ついにはまったく人とすれ違わなくなった。

俺達はそのまま歩き続けると、次第に空が茜色《あかねいろ》に変わっていったため、前と同じく、早めの野宿の準備を始める。

「固形燃料は買ったか？」

ジャックが聞いてくる。

「ああ。でも、もったいないからお前の分を出してくれ」

「けちくせー王子様だな、おい」

「Eランクからものを取るな、Aランク」

「言うねー。お前さん、王様よりも冒険者の方が向いてんじゃねーの？」

嫌な評価だわ。

「いいから出せ。火はつけてやる」

「はいよ」

ジャックはカバンから固形燃料を取り出すと、その辺に放り投げる。俺は魔法を使い、地面に落ちている固形燃料に火をつけると、テントを設置し、焚火《たきび》の前に座った。

「今日はどこかに出かけないのか？」

取り出した携帯食料を食べながら聞く。

「嫌味だねー。まあ、後で朝飯用の罠《わな》を仕掛けに行く程度だ。今日は普通に寝る。この前は寝ずにリリスまで走ったんだぜ？」

まあ、距離的にそうだろうな。しかし、すごい体力だ。

「お疲れさん。素直に言えば、マリアが回復魔法を使ってくれたのに」

「羨《うらや》ましいパーティーだな。普通はそんなバランスのいいパーティーは組めないんだぜ？　お前らの一番の幸運だ」

リーシャとマリアは幸運だったようだ。

「マリア、貧乏くじじゃなかっただろ？」

「え？　いや、そもそも……あ、でも、うーん、まあ、当たりくじですかね？」

素直に当たりくじと言えばいいのに。

「当たりくじに決まっているでしょう？」

「はい」

リーシャがマリアに言うと、マリアは即答するように頷《うなず》いた。

「相変わらず、楽しそうだねー。まあ、お前さん達の冒険がどこまでかは知らんが、楽しくやれ。楽しまないと損をする。人生の先輩からのアドバイス」

いや、そんなもんは誰でも知っているだろ。

「どうも」

「さっさと寝な。明日の夜は寝られないかもしれないし、早めに寝て、体力を温存しとけ」

「お前はどこで寝るんだ？」

ジャックのテントはない。

「罠を仕掛けたらテントを出して寝るよ」

「気配を消す魔法はいるか？」

「俺も使えるからいい」

そういや、こいつも魔法が使えたな。

「そうか。じゃあ、俺らは寝るわ」

「ん。いい夢見ろよ」

そうだといいな。地面に落ちる夢は見たくない。

俺達三人は新調したテントに入ると、微妙に狭い空間でくっつきながら寝た。そして、翌朝、ジャックが仕掛けた罠にかかったうさぎを食べると、ハピ村に向けて、歩き出す。この日も話しながら歩き、特にモンスターも出ずに平和な道を進んでいくと、夕方前には村が見えてきた。

俺達は道を外れ、村近くの大森林の浅いところに潜む。

「日が落ちるまでは待機だ」

「暇だな……」

「まあ、そうだろうな。ほれ、俺の冒険記と伝記だ」

ジャックが人数分の本を渡してくる。

「お前、こんなに持ち歩いているのか？」

「いや、出発の前に町の本屋で買ってきた。それはくれてやる。サイン入りだぞ」

リリスの町を出発する前に言っていた準備って、このためじゃないだろうな？

俺は呆《あき》れながらも本を受け取ると、暇なのは確かなので昔読んだことがある冒険記を読みだす。

昔読んだ時もハラハラドキドキして面白かったものだが、今読んでも面白かった。むしろ、冒険者となって、冒険を知り、ジャックという人間を知っていると、より面白かった。しかも、著者が目の前にいるため、聞けば詳細や裏話を聞けたのが貴重だった。おかげで、あっという間に時間が過ぎ、本を読めないくらいまでに暗くなった。もう見える明かりは月と村のわずかな灯《あか》りだけだ。こうやって見ると、マジで田舎《いなか》そのものである。リリスの町は夜でも街灯があり、まだ明るかった。

「あんなところには住みたくねーなー」

思わず、つぶやいた。だって、俺が行くはずだった辺境のミールも似たようなものだもん。

「だろうな。都会の貴族様は絶対に嫌だろう。もっと言えば、あそこに住む連中だって良いとは思っていない」

「そうか？　じゃあ、町に行けばいいじゃん」

リリスの町ってそう遠くはないだろ。

「色々あるんだよ。ほら、これを飲め」

ジャックはそう言うと、小瓶を三つ渡してくる。

「なんだこれ？」

「夜目が利くようになるマジックアイテムだ」

昨日、マジックアイテムなんかを売っている魔法屋に行ったが、あるのに気付かなかったな……本当はもっとゆっくり見ていたかったのに、あのごろつきのせいだ。今度の町では時間を作ってでもじっくり見てみよう。もしかしたら旅の手助けになるマジックアイテムがあるかもしれん。

「へー……そんなんあるんだ。高いだろ」

「予算は全部領主持ちだ」

じゃあ、遠慮はいらんな。

小瓶を飲み干すと、リーシャとマリアにも渡す。すると、徐々にだが、周りの景色が見え始めた。

「すごっ！」

「本当ねー……これ、ちょっと欲しいわ」

「わー、すごいですー」

リーシャもマリアも驚いている。

「あまり流通はしていないが、魔法屋に売ってる。欲しけりゃ買いな。もしくは、魔術師の兄ちゃんが作れ」

うーん、作れるかなー？　俺、攻撃魔法専門なんだよなー。以前のダイエット魔法も失敗したし。

「まあ、考えておく」

「そうしな。どうだ？　森を歩けそうか？」

「ああ、行ける」

「よし！　ついてこい」

ジャックはそう言うと、森の奥に進んでいったので、俺達もあとに続いた。

俺達はジャックの後ろを歩いているが、ジャックは前にも持っていた鉈《なた》で枝や草を払って進んでいくので楽についていける。

「俺達が歩いていた時はひどかったのになー」

「主に先頭を歩いたリーシャ様がですけどね。枝に引っかかって、肌に血がにじんでました。おいたわしいことです」

ホント、ホント。

「森を進む場合はこういう鉈の方が良い。剣は小回りが利かないからな」

専門家はすごいねー。

俺達は感心しながらジャックについていくと、ジャックが足を止めた。

「どうした？」

「そろそろ村の近くだ。気配を消す魔法をかけろ」

ジャックに指示されたので魔法を使う。そして、その後も進んでいくと、ちょうど村の後ろに回った。

「こりゃ、当たりだな……」

ジャックが声を潜めてつぶやく。

「何がだ？」

俺も声を潜めて聞く。

「あそこを見ろ」

ジャックが指差した先はただの森である。特に変なところがあるようには見えない。

「わからん」

「よく見ろ。木の間隔が周りと違うだろ」

ジャックにそう言われてよく見ると、確かにジャックが指差した先は木が生えている間隔が他とは違い、開いていた。

「よくわかるな……」

マジで感心する。

「これが経験だ……あれは伐採をしたな。あそこを進んだ先が空賊の根城だろう」

「よし、燃やそうぜ」

「まあ、待て。その前に確認だが、嬢ちゃん達も行かす気か？　相手は賊だし、捕まったらロクな目に遭わんぞ」

そうなっちゃうか……

俺はリーシャとマリアを見る。

「わたくしはどこであろうと、殿下についていきます。殿下の行くところがわたくしの行くところです」

「私も殿下と共に参ります……怖いので殿下のそばを離れません」

二人はついてくるようだ。

「そういうわけだ」

「ホント、エーデルタルトの令嬢は重いねー。敵に捕まりそうになったら自分の首を掻《か》っ切《き》るってマジか？」

「当たり前よ」

「当然です」

令嬢も夫人もエーデルタルトの貴族女子は全員が常にナイフを持っている。

「こわー……俺なら何としても生き残るけどな」

「そういう国だ。それにどっちみち、捕まらん。空賊なんか雑魚《ざこ》の集まりだ」

あいつらは飛空艇乗りに過ぎない。飛空艇の操縦は上手いだろうが、白兵戦なんかしたこともないだろう。

「それもそうだ。お前さんや絶世の嬢ちゃんの敵ではない。だが、油断はするな」

「わかっている。マリア、お前は絶対に俺から離れるな」

マリアだけは攻撃手段がないから守らないといけない。

「はい。絶対に離れません！」

そうしな。

「行くか？」

「もう少し待て。村の灯りが完全に消えたらと領主に言われている。それが作戦開始の合図」

寝静まるのを待つわけか……夜襲をかける気だな。わかりやすい……

「根城を発見できなかったらどうするんだ？」

「その時は合図をしないだけだ。また明日の夜に探す」

昼間はこっちが見つかる可能性が高いから夜まで待つわけか。

「兵士は？　待機か？」

「そうなるな。村人や旅人に見つかったら演習とかで誤魔化すんだろうが、なるべく今日中に見つけた方が良い。まあ、十中八九、根城はあるし、今夜中に片をつけるさ」

「そうしてほしいね。俺達も長々と野営したくない」

俺達はその場でじっと待つことにした。しばらく待っていると、少しずつ民家の灯りが消えていき、ついにはすべての民家の灯りが消え、真っ暗になる。ただし、薬を飲んでいる俺達にはすべてが見えていた。

この薬、本当にすげーな……作るか？　それとも薬じゃなくて、そういう魔法を開発しようか？

うーん……

「よし、作戦開始だ。この先にある空賊の根城に着いたら火魔法を使え。最大級だ」

悩んでいると、ジャックが指示してくる。

「最大級を使うと、俺らも死ぬが？」

森で使ったら大惨事になる。そして、火に巻き込まれて死ぬ。

「適度な火魔法にしろ……お前さん、バケモノか？」

「エーデルタルト一の魔術師だぞ」

すごかろう？

「もっと使える魔法を学べ」

ごもっとも。空間魔法とかの方が使えるわ。

「そうする……」

俺達は行動を開始することにし、ゆっくりと進んでいった。ジャックが見つけた道は最初こそ険しく見えたが、すぐに人が普通に通れるくらいの道になった。

「見ろ、伐採の跡があるだろ」

ジャックがそう言って掴《つか》んだ枝は確かに刃物で切ったようにきれいな切り口をしている。

「確かに」

「ったく……賊なんかと手を組みやがって……」

「アホだな」

「なんで組んだのかしら？」

リーシャが首を傾《かし》げる。

「お前さん達も言ってただろ。ド田舎。こんなところに住みたくない。それはそうだ。そして、実は村人もそう思っている。ましてや、近くにリリスっていう大きな町があるんだ」

「移住すればいいじゃん」

「できたらしてる。でも、色々なしがらみがあるんだ。お前さん達からしたらくだらないしがらみだ。でも、あいつらには重い。だが、華やかな生活にも憧《あこが》れる。それで空賊の口車に乗ったんだろ」

バカじゃん。

「それで何の罪もない人を襲う空賊の仲間入りか？　クズだな」

情状酌量の余地なし。死刑。

「そうだ。だからそのツケを今から支払わされる」

「当然ね」

「賊は滅びろです」

王族はもちろんのこと、貴族は絶対に賊を許さない。

「それは同感だ。今回ばっかりはお前らが王侯貴族で良かったぜ。同情する冒険者もいるからな」

冒険者は誰でもなれるが、逆を言えば、冒険者くらいにしかなれなかった者もいるだろう。ジャックみたいに子供の頃から苦労した者も多いだろうし、そういう者は自分の過去に当てはめて、同情するのかもしれない。

「どっちみち、俺らは撃墜……襲われたんだぜ？　恨みしかねーわ」

絶対に許さない。

「殿下ー、もう認めましょうよー……」

認めない。俺は着陸に成功した。

「わかった。ためらわないならそれでいい。見えてきたぞ……」

ジャックが言うように確かに道の先が開けているように見える。

俺達はしゃべるのをやめ、ゆっくりと近づいた。すると、俺達が行き着いた先は木材でできた小屋が立ち並ぶ広場だった。灯りはなく、空賊達も寝静まっていると思われる。

「……まずは飛空艇を探すぞ」

ジャックがそう言って、歩いていったので俺達も続く。ジャックは普通に歩いているが、夜に気配を消す魔法を使っていれば、まず気付かれることはない。

周囲の小屋なんかを観察しながら歩いていると、とある小屋の裏から布切れがはみ出しているのを見つけた。

「見るな。嬢ちゃん達も絶対に見るな」

ジャックに止められたが、俺はすでに見てしまった。

「何？」

「何ですか？」

リーシャとマリアはジャックに素直に従ったが、俺に聞いてくる。

「積み荷を処分した後だよ。お前らが見ていいものじゃない」

誤魔化すように言う。俺の目には細い足首も見えていたのだ。あれは積み荷と一緒に奪った女の死体だろう。遊んで死んだから捨てた。賊がやりそうなことだ。

「……そう」

「…………」

リーシャとマリアも察したようだ。まあ、こういうのに敏感な女はすぐに察するだろう。

「感情的になるなよ」

ジャックは二人に言う。

「ならないわよ。殿下の船を攻撃した時点で極刑だもの。わたくしのやることは変わらない」

冷徹の女は何も変わらない。

「で、ですぅー……」

マリアが俺の服を掴んできた。

「あんなことにはならないから安心しろ」

「はい」

俺達はさらに進んでいき、飛空艇を探す。すると、小屋群を抜けた先の広場に複数の飛空艇を見つけた。飛空艇は小型が八隻、中型が五隻もある。

「多くないか？」

さすがに空賊の分際で持ちすぎだ。

「そうだな。それになんで領主が発見できないんだ？　この広場は相当広いぞ」

ジャックはそう言って、上空を見上げる。空には怪しく光る月と満天の星が輝いていた。どう考えても飛空艇で巡回していれば発見できる。

「んー？　魔法だなー……」

俺は空を見上げながらつぶやく。

「魔法？　何も感じないが……」

本職じゃないジャックは気付かないらしい。

「これは迷彩の魔法だな。多分、上から見たら森にしか見えないと思う。この広さを考えると、上級魔法だな」

「上級魔法……？　賊程度が？」

確かにこれだけの魔法が使える魔術師が空賊になるか？　他にいくらでも道はあるだろうに。

「間違いないだろう。そういうマジックアイテムがあるなら知らんが」

それでも安価ではないだろう。飛空艇の数、これだけの魔法……本当にただの賊か？　まあ、やることは変わらんか。

「俺も聞いたことがないな。魔術師がいるという前提で動こう」

「俺に任せな。エーデルタルトの魔術師の力を見せてやるぜ」

「まあ、頼むわ。魔術師はめんどくさい」

ジャックが頷《うなず》いた。

「それで火をつけないといけないがどうする？　飛空艇か？　その辺の小屋か？」

「ん？　両方につけろよ」

「いや、まずはこの迷彩魔法をどうにかしないといけない。その後に両方に火をつけるのはきつい。できないこともないが、敵に魔術師がいると考えるとな……」

少なくとも上級魔法を使えるわけだし、雑魚ではないだろう。

「うーん、じゃあ、小屋にしてくれ。どうせ、そこが寝床だろ」

「わかった。討ち漏らした敵は任せるぞ」

「ああ。専門ではないが、空賊程度ならなんとかなる」

というか、夜襲だし、逃げる敵を追撃するだけだ。むしろ、ジャックはそういうのが得意そうな気もする。

「マリア、絶対に俺のそばから離れるなよ」

「はい。絶対に離れません！」

戦闘能力のないマリアが一番危ないわ。

「私には何かないわけ？」

リーシャが嫉妬《しっと》の籠《こも》った目で見てきた。なお、何かを察したマリアが俺から距離を取り、リーシャの後ろに回る。

「たかが賊相手に何を心配することがある？」

そう言うと、リーシャの後ろに回ったマリアが両腕でバツ印を作った。

「ハァ……こっちこい」

そう言うと、リーシャが俺のそばにやってきて、見上げてくる。月明かりを浴びるリーシャの顔は本当に美しい。

「……お前、本当に顔は百点だな」

まさしく、絶世。

「今さらでしょ」

リーシャの目には一点の曇りもない。こいつは昔からそうだった。自分の美貌《びぼう》を理解し、武器にする。そして、絶対に迷わない。

「何か言おうと思ったが、言う必要はないな。俺はお前を信じている。お前も俺を信じてついてくればいい」

そう言いながらリーシャの頬を触る。

「はい……」

リーシャが触っている俺の手に自分の手を重ねた。なお、ジャックとマリアは星空を見上げている。

「さっさと次の町に行こうぜ」

「そうね」

リーシャは普通に答えて、距離を取った。

「なあ、やっぱり本に書いていいか？」

ジャックがニヤニヤしながら聞いてくる。

「敵陣のど真ん中でイチャつくバカ貴族か？」

「脚色していいなら感動的な感じにしてやる」

それ、俺ら、死んでね？

「こんなつまらん仕事は書くな……やるぞ」

上空にある迷彩化された結界を見上げる。

「頼むぜ」

上空に向けて、杖《つえ》をかざした。

「ディスペル！」

解除の魔法を唱えると、上空に感じる魔力が薄れていくのがわかる。それと同時に飛空艇の方向から微弱な魔力を察知した。魔術師は飛空艇の方にいたのだ。

「チッ！　あっちかよ……」

思わず舌打ちが出たが、今さら作戦は変えられない。

俺は小屋が密集している方を見ると、杖を掲げ、魔力を込める。

「フレイムレイン！」

呪文を唱えると、炎の槍《やり》が密集した小屋に向かってまっすぐ進んでいく。そして、一軒の小屋に当たる前に上空に向きを変えると、炎の槍が複数に分かれ、雨のように密集した小屋に降り注いだ。

すると、炎の槍が突き刺さった多くの小屋が燃え上がり、辺り一面が一瞬にして火の海に変わる。

「なんて恐ろしい魔法を放つんだお前は……対軍魔法じゃねーか」

ジャックが呆《あき》れたようにつぶやく。

「エーデルタルト一の魔術師と言っただろう。帰ったら領主に伝えろ。追手を出せばこうなるとな」

念のための保険で俺達を殺そうと思えばこうなる。大人しく、忘れろ。二流とはいえ、貴族ならメリット、デメリットの計算もできるだろ。

「こえー、こえー……ん？　お漏らしが出てきたな」

ジャックが言うように燃え上がった小屋から生き残りの賊が脱出し始めていた。

「よし、やるぜ……って、速っ！」

ジャックが鉈《なた》を構えると、リーシャが剣を抜いて、突っ込んでいた。

「ジャック、リーシャを頼む」

この場をリーシャとジャックに任せると、後ろを振り向く。後ろには飛空艇しかないが、間違いなく、魔術師がいるだろう。

「そっちにいるのか？」

ジャックが聞いてくる。

「ああ、わずかだが、魔力を感じる……ん？　チッ！」

飛空艇を眺めていたが、とある小型の飛空艇から大きな魔力を感じた。

「逃がすか！　フレイムジャベリン‼」

魔力を感じた小型の飛空艇に向けて炎の槍を飛ばす。すると、浮き上がり始めた小型艇に炎の槍が突き刺さった。

「マリア、来い！」

「はい！」

マリアを連れて、炎の槍が突き刺さっている飛空艇のもとに急ぐ。

「ん？」

俺とマリアが飛空艇に近づくと、一瞬にして炎が消え去った。おそらく、乗っている魔術師が魔法で消したのだろう。だが、飛空艇はそのまま飛び上がることはなく、着陸した。

「着陸しましたね……」

マリアがつぶやく。

「このまま飛ぶのは危険と判断したんだろう。他にも飛空艇はあるしな」

他にもあるのだから傷ついた飛空艇で無理に飛ぶ必要はない。もっとも、それをさせないのが俺の役目だ。

俺は飛空艇の前まで来ると、マリアを後ろに下げ、杖を飛空艇に向ける。すると、飛空艇の甲板に人の姿が現れた。

「私の結界魔法を破ったのは貴様か？」

飛空艇から現れたのは杖を持ち、フードを被《かぶ》ったいかにも怪しい黒ローブ姿の男だ。

「たいした結界ではなかったな」

嘘。結構、すごかった。俺、めっちゃ魔力を使って疲れている。

「なに⁉　私の自信作だぞ！」

うん、すごかった。

「ふん。二流魔術師め。所詮《しょせん》は賊の一味だな」

「おのれ！　貴様、何者だ⁉」

こいつ、簡単に挑発に乗るな……どうせ殺すし、名乗ってもいいのだが、少しカマをかけて情報を探ってみよう。

「俺はジェイミー・ウィリアムだ」

不潔なおっさん魔術師の名を名乗った。

「え？　……私はルイーズ・ウィリアムです！」

マリアも便乗し、領主の名を名乗る。

「嘘つけ！　ジェイミーは五十歳を超えたじいさんと聞いているし、ルイーズはお前みたいなチンチクリンじゃないわ！」

すぐに引っかかったな……雰囲気的にも貴族ではないのか……

俺はこいつを貴族と予想していた。というのも、魔術師というのは金がかかる。それをリリスの町の魔法屋に行ってみて気が付いた。だから魔法を学ぶのは貴族が多いだろうと踏んだのだ。事実、ジェイミーは貴族だった。しかし、こいつは貴族っぽくない。

「ジェイミーはともかく、ルイーズは知っているようだな？　知り合いか？」

「チッ！　釣られたか……貴様、貴族だな？」

「見る目もないな。俺は貴族ではない」

「嘘つけ。こういう姑息《こそく》なことをするのは貴族だ」

俺を貴族呼ばわりとは……まあ、廃嫡され、ミールの領主になったわけだからあながち間違っているわけではない。

「貴族が嫌いか？　その辺が賊に与《くみ》する理由だろうな」

こいつほどの魔術師が賊の仲間になるメリットはない。上級魔法を使えるなら良い職に就けるだろうし、金に困るとも思えない。あの変人のジェイミーですら金を持っていた。

「黙れ！　どこの貴族かは知らんが、死んでもらうぞ！」

賊が杖を俺達に向けた。

「殿下、お気を付けて」

後ろからマリアの心配そうな声が聞こえてくる。

「わかってる。お前の声は落ち着くな」

さすがは庶民から人気の聖女様。癒《いや》しの効果がある。

「えへへ。そうですか?」

「――イチャつくな! アイスエッジ‼」

別にイチャついてはいないのだが、何故《なぜ》か怒った賊は魔法を放ってきた。アイスエッジは氷の刃《やいば》を飛ばす魔法であり、殺傷能力が非常に高いが……

「ファイアウォール」

魔法を唱えると、目の前に炎が燃え上がり、壁を作る。すると、氷の刃が炎の壁に当たり、溶けてなくなった。

「チッ! 先ほどの魔法といい、火魔法が得意のようだな」

別にそんなことはない。あえて、そうしているだけだ。

「お前は氷魔法かな?」

そう聞くと、賊がニヤリと笑った。わかりやすい……次は風か雷か……

「ウィンド!」

「ディスペル」

賊が魔法を使った瞬間にキャンセルの魔法を使う。

「クソ! ディスペル……面倒な魔法を……!」

ウィンドか……初級魔法だ。これでこいつの能力がわかった。普通の魔術師はそこまでの数の攻撃魔法を用意しない。種類としては二種類程度だ。こいつはメインが氷魔法でサブが風魔法だろう。

それは使った魔法のレベルでわかる。

「ふむ。こんなものか……」

こいつ、魔力は高いし、魔法の腕もすごいが、戦闘タイプの魔術師じゃないな……まあ、所詮は空賊か。

「強がりを！」

「ふっ……死ね。フレア！」

杖を掲げ、火魔法の上級魔法を放つ。すると、火の塊が賊ではなく、賊が乗っている飛空艇に向かって飛んでいった。

「──な！　クソッ！」

賊は俺の意図を察し、船から飛び降りる。直後、俺のフレアが船に直撃し、火柱が起きるほど燃え上がった。

俺は地面をゴロゴロと転がっている魔術師らしく運動神経皆無そうな賊に近づく。船から地面に着地し、なんとか身を起こした賊は何を思ったか、戦闘中にもかかわらず、燃え上がった火柱の方を見始めた。

「所詮は空賊だな」

敵から目を逸《そ》らしたバカに杖を向ける。

「──くっ」

「動くな」

慌てて杖を拾おうとした賊を制止する。

「うーん、ルイーズと敵対する貴族かと思ったが違うなー……」

魔術師が関わっていると知った時、そう思った。ルイーズを排除するためにこういう奸計《かんけい》を仕掛けたのかと思ったが、こいつは貴族ではないし、貴族が雇うにしてはシロウトすぎる。

「うるさい！　私は貴族が大っ嫌いなんだよ！」

「恨みによる犯行の方か……ルイーズに何かされたな？」

ルイーズの知り合いっぽいし、ルイーズに雇われた魔術師が不当に解雇された感じか？

「黙れ！　あの不貞女のことを話すな！」

不貞女？　え？　いや、貴族だぞ？

「何を言っているんだ、お前は？」

「うるさい！　うるさい！　これで勝ったと思うな！　奥の手というのは取っておくものだ‼　エアリアル‼」

賊は杖もなく、しかも、無詠唱で魔法を使う。すると、賊の周辺に竜巻のような風が舞った。

俺はすぐにバックステップで躱《かわ》したのだが、賊の近くにいすぎたため、腕を切られてしまった。

「殿下！」

俺の腕から血が噴き出ると、マリアが叫ぶ。

「ははっ！　ざまあみろ――って、殿下？」

「気にするな。どっちみち、お前は死刑だ」

俺を傷付けたことなんか今さらどうでもいい。それよりも墜落……不時着させられたことの方が罪は重い。

「え？」

「同じ魔術師として、この程度が奥の手なのが情けないな。奥の手とは一撃必殺でなくてはならない」

敵の腕を切っただけで高笑いはない。しかも、こいつ、杖も使わずに無詠唱で魔法を使ったから魔力が尽きている。その程度だ。所詮はこいつも戦闘に特化した魔術師ではない。

「エアリアルはこう使うものだ」

魔法が使えなくなった雑魚《ざこ》に過剰な魔法を使った。すると、賊の周りに風が舞い始める。

「な⁉ そんな、お前は火魔法を——」

「残念。俺はすべての属性の魔法を使える」

だって、俺、ロクに勉強も剣術の練習もせずに魔法の研究ばっかりしてたもん。まあ、だから廃嫡になったんだけど……

「ひ、や、やめ——ギャ——‼」

俺が放ったエアリアルは賊のエアリアルよりも大きくなり、賊を切り刻んでいく。そして、風が止《や》むと、ボロボロになった賊がその場に倒れた。

「エアリアルは殺傷能力が低い魔法だから使って、即逃げる時に使うものだぞ」

エアリアルは範囲は広いが、細かく刻むだけだ。

「ぐっ！ まさかここまでの魔術師とは……」

「お前が弱いんだ。大人しく研究だけをしていればよかったものを……軟弱者がエーデルタルトの男に勝てるわけないだろ」

エーデルタルトの男は強さこそが絶対である。だから陛下の言うことも間違っていなかった。問題は俺の魔法が弟の剣術に劣っていないことを理解させられなかったことだ。

「エーデルタルト……武の国か……なんでこんなところに……え？　殿下？」

「死にゆくものは気にしなくていい。そんなことより、不貞女ってどういう意味だ？」

そっちが気になる。貴族の女性に対して不貞女って相当だ。

「はっ！　そのまんまだ。私はあいつに雇われた魔術師だったが、それと同時に恋仲だった。だが、別の貴族との婚約が決まったとたんにクビになり、捨てられた」

うーん、微妙……そら、領主という立場なら平民より貴族を取るから捨てるだろって思うし、エーデルタルト出身者としては一度ちぎった相手と添い遂げろよとも思う。でも、国も風習も違うからなー。

「それでこれか？　ルイーズを困らせようと？」

「そうだ。貴族に逆らえば死だが、こういう風に復讐《ふくしゅう》もできる」

しょうもな。

「死にゆくお前に良いことを教えてやろう。貴族の婚姻は自分の意志ではどうにもならん。親や地位などの色んなしがらみによって決まる。そして、貴族は自分の不利になることを徹底的に排除するものだ。伯爵ならより一層注意するだろう。それなのに婚姻時の決定的な汚点であるお前はクビになっただけで生きている。これはルイーズの恩情だ。愛した男に生きてほしいという情けだ。それに対するお前の答えがこれか？」

「そ、そんなことは知らん！　何も聞いていない！」

だろうな。理解していたらこんなことはしない。

「言うわけないだろう。言えばお前はどうした？　一緒に逃げようとでも言うか？　それとも素直に諦《あきら》めるか？　伯爵のルイーズが一緒に逃げるわけないし、簡単に諦められたらそれはそれで傷付く。どの選択を取ってもルイーズには辛《つら》いし、お前にも辛い。少し考えればわかるだろう」

「そんなことは……」

そんなことがあるんだよ。これだから感情で動く庶民はダメだ。

「ルイーズの選択は嫌われてもいいからお前に別の道で幸せになってほしい、ということだったんだ。それすらわからんか……まあ、不相応な恋だったな。来世では自分の身の丈にあった恋をしろ……では、さようならだ。俺達に不敬を働いた大罪人君」

俺は倒れて動けなくなっている賊に火魔法を放つ。

「ま、待ってく――がっ‼」

賊が何かを言おうとしたようだが、そんなものを聞く理由もない。

「何を言おうが、もう遅いわ」

こんな事件を起こした時点で縛り首だし、俺達を襲った時点でこうなる。バカな男だわ。

「ん？」

「え？」

俺とマリアから同時に声が漏れた。何故《なぜ》なら、俺の炎が突如として消えたからだ。

「申し訳ございませんが、殺すのはやめていただきたい」

声がしたので振り向くと、執事のネイサンが立っていた。

俺はそれを見て、すべてがわかったのでマリアを抱えるように引き寄せる。

「いたのか……」

「ええ。先ほどから」

ネイサンはそう答えながら近づいてくると、俺達の横を通り、賊のもとに向かった。そして、腰を下ろすと、賊の様子を観察しだす。

「村は？」

「すでに取り囲んでおり、討伐中でしょう。私は領主様の命で別行動です」

「ルイーズはこの期に及んで、その男を許す気か？　二流にもほどがあるぞ」

その男は賊になった。賊を許す貴族なんか聞いたことがない。

「そう言わないでください。男女間ではそういうこともあります。あなたも歳を取ればわかりますよ」

そうかねー？

「どちらにせよ、虫の息だぞ」

というか、まだ生きてるか？　俺の炎で焼かれたんだぞ。

「このままではマズいでしょうね……マリア様、すみません。ヒールをお願いしても良いですか？」

「え？　あ、はい」

マリアが俺から離れようとしたので力を入れ、抱き寄せる。

「殿下？」

マリアが顔を見上げてきた。

「マリアはやれんな。言っておくが、人質に取っても俺は捨てるぞ」

「え？　いや、捨てないでくだ――ヒッ！」

マリアが怯《おび》えた声を出し、抱きついてくる。何故ならネイサンがナイフを取り出し、賊の首に突き刺したからだ。賊は一瞬だけビクッとしたが、すぐに動かなくなった。間違いなく、死んだだろう。

「な、なんで……」

「そいつは賊を助けに来たんじゃないからだよ」

「ど、どういうことですか……」

マリアが聞いてくると、ネイサンがゆっくりと立ち上がる。

「賊の偽装魔法は確かにすごかった。だが、いくらなんでもこんな森の浅い所に根城があるのに軍や調査隊が見つけられないはずがない。内通者でもいない限りな」

ルイーズが盗賊を捜索する際に商船に見せかけたりしても引っかからなかったと言っていたが、それは内通者がいたからだ。情報が駄々洩《も》れだったのだろう。

「……まさか」

マリアがゆっくりネイサンを見ると、ネイサンが笑った。

「よくわかりましたね」

「このタイミングでお前が来た時点でわかる。もっと早く来るか、遅く来い」

戦闘が終わった直後に来るんじゃねーよ。

「そうですか……」

「なんでこんな賊と繋《つな》がった？　いや、違うな。お前が賊と繋がるわけないもんな。主《あるじ》が違うだろ？」

　賊は利用されただけだ。

「ほう……」

　ネイサンが感心したように声を出す。

「お前、ルイーズと争っている領地は北の町と言ったな？」

「ええ……それが？」

「その時にお前はリリスの町と同じくらいの規模とも言ったな？　俺達は一昨日、地図を見ながら今後のことを相談していた。地図を見る限り、北の町はリリスより遥《はる》かに大きかったぞ。リリスと同じくらいの町は東の町だ。お前、ルイーズと敵対しているという領地貴族の間者だな？」

　明らかにこいつの言っていることは矛盾している。それに剣聖の家にあった地図に描かれていた剣が交差しているマーク……あれが盗賊が出るというマークではなく、リリスと東の町が争っているというマークだということにその矛盾で気付いた。

　それでこいつが嘘をついた理由がわかった。こいつは俺達が空賊を討伐した後に北の町ではなく、東の町に行ってほしかったんだ。理由は俺達を捕らえるため。おそらく、東の町へ行く街道にはすでに兵が配置されているだろう。もしくは、東の町の中に潜伏しているか。

「世間知らずの王子かと思っていましたが、随分と賢い……自らの王宮を放火したバカ王子とは思えませんね」

　ネイサンがにやーっと笑う。それを見たマリアが俺に抱きつく力を強くした。

「目的は何だ？　ルイーズの失脚か？」

「ええ……先ほども言いましたが、いくら青い血が流れる貴族でも男女間となると人に戻ってしまいます。この男もルイーズも……私の任務はこの愛憎まみれた空賊劇場でルイーズを貶《おとし》めることなんですよ」

それであんなに飛空艇があったわけだ。こいつらが援助したんだろう。しかし、ルイーズは本当に良いところが何一つないな。自分の男への対応も中途半端だし、さらには側近である執事は敵の内通者……もう三流でいいんじゃないかな？

「テールの王に報告しろよ。それでルイーズは処刑だろう」

ルイーズも言っていたが、自分の領地の村が賊と繋がっているなど責任問題だ。しかも、原因が自分の男の不始末。

「ルイーズに死んでもらっては困ります。それではこの領地が取れません」

そういうことか……ルイーズが処刑されても、代官が来て王家の管理となるだけでこいつらにはうまみがない。

「脅す気か？」

「ええ。婚姻によりこの領地に当家の者を入れ、全権を奪います。あとはゆっくりと……」

簒奪《さんだつ》か……婚姻により一族を送り込み、最終的には領地を奪う気だ。テールはそんなもんが許される国らしい。本当に程度の低い国だわ。

「勝手にしろ。くだらん」

「ええ。勝手にします……さて、敵国の王子様、ご同行願えますかな？」

マリアを人質に取ろうとした時点でこいつの思惑はわかっている。

「俺を突き出すか？　お前の主の手柄にして」

「ええ。ルイーズには弱みがありますが、私達にはない。あなたを見逃す道理がないのです」

アホか。

「お前程度が俺に勝てると思っているのか？」

マリアを抱えたまま、手のひらを宙に向け、火球を出す。

「思っていますよ。大変すばらしい魔法をお使いになるようですが、それだけでしょう。魔術師は本当に簡単です」

ネイサンはそう言うと、小さな杖《つえ》を取り出した。

「よりにもよって魔法か？　確かにお前も魔術師のようだが、実力の差もわからんのか？」

「エーデルタルトは本当に愚かですね……この杖は魔法封じの杖と呼ばれているんですよ！」

ネイサンが杖を掲げると、杖の先が光り出す。すると、俺の火球が霧散した。

「さっきの炎を消したやつか……」

俺の火魔法を消したから何をしたのだろうと思っていたが、ディスペルみたいなマジックアイテムがあるようだ。ディスペルは超がつくほどの上級魔法だから、そんなことができるマジックアイテムは絶対に安くはないだろうに、そんなもんまで用意してやがったか。

「大人しくしていただけますかな？」

「リーシャに勝てると思ってるのか？」

「あなたを人質に取ればいい。いくら強かろうが、エーデルタルトの女はそれで終わりです」

そんな気がしないでもない。いや、あいつは屈しないからお構いなく、殺しにかかるな。そうなると、人質の俺とマリアがヤバいじゃん。

「Aランクのジャックもいるぞ」

「冒険者は金で動きますからどうとでもなります」

「チッ！」

「王子であるあなたはともかく、あなたの奥さん方は悪いようにはしませんよ」

悪いだろ。絶対にロクなことをせん。簒奪なんてことを企む奴がまともなわけがない。

「俺は当然だが、リーシャもマリアもお前らなんぞにくれてやる気はないな。偉大なるエーデルタルトの子はお前らなんぞに屈しない」

俺は廃嫡されたとしてもエーデルタルトの第一王子である。婚約者であるリーシャはもちろん、臣下であるマリアを守らなければならない。

「そうですか。では、あなた方が好きな武力を行使しましょう」

ネイサンがそう言って、手を掲げる。

「アホが。この国には無能しかおらんな。その程度で俺の魔法を封じられると思ったか」

「強がりは結構」

強がり？

「エーデルタルト一の魔術師である俺を舐《な》めるな」

俺は賊の男のエアリアルで切られた腕の傷を見る。傷はそこまで深くなさそうだったが、青くない真っ赤な血が流れ出ていた。

「魔法なき魔術師が何をほざいても無駄です」

「そうか……バカがっ！」

俺はネイサンに向けて、手を掲げる。すると、腕の傷から流れている血液が黒い炎に変わった。

「なっ⁉ 魔法⁉」

ネイサンが目を見開き、驚く。

「魔力がなくても魔法は使えるぞ」

魔力ではなく、生命力や血液を使って魔法に変えるすべもあるのだ。まあ、黒魔術って言うんだけど……禁忌だけど、仕方がないね！

「くっ！」

ネイサンは必死に魔法封じの杖を俺に向けてくるが、俺が出した黒炎は消えない。あの杖は魔力を散らすことができる杖だろう。この魔法は魔力を使っているわけではないから意味がない。

「死ね。エーデルタルトにケンカを売った愚か者」

俺の炎はネイサンに向かって飛んでいった。ネイサンは必死に杖を黒炎に向けて振っているが、当然、消えない。

「くっ！ クソッ！ な、なんで……ギャー‼」

黒炎がネイサンに当たると、一気に燃え上がっていく。ネイサンは炎を振り払おうと暴れているが、消すことも振り払うこともできず、ついには膝《ひざ》をついた。そして、そのまま動かなくなり、前のめりに倒れると、黒炎がネイサンを炭に変えていく。

「この程度の魔法も防げないか……本当に無能しかおらんな」

死ね、クズが。

「で、殿下……今のって黒魔術では？」

俺が炭となったネイサンを見下ろしていると、抱きついているマリアが顔を上げてくる。

「そんなわけないだろう。あれは普通の火魔法だ」

ちょっと黒いだけだ。

「そ、そうですよね！　あ、いや！　そんなことより、腕を見せてください！　すぐにヒールを！」

マリアが俺から離れると、腕を掴《つか》んだ。

「うろたえなくてもいい。たいした傷ではない」

風魔法は切れ味鋭いが、切れ味が鋭すぎるため、すぐに治る。やるなら切断までもっていかないといけない。

「たいしたことです！　殿下の身に傷が付くことなどありえません！」

「剣術の訓練をしてたらしょっちゅうだよ。ほれ、治せ、ヒーラー」

傷付いた腕をマリアに差し出す。

「あわわ。殿下の腕がー……あ、ヒール」

マリアは俺の傷を見て、慌てたが、すぐにヒールをかけてくれる。すると、俺の腕の傷があっという間に塞《ふさ》がっていった。

「さすがは癒《いや》し系。素晴らしいな。聖女と呼ばれているのも頷《うなず》ける」

「えー、そうですかー？」

マリアは嬉《うれ》しそうにはにかむ。ほら、絶対にそんなことないですよーって言わない。

「お前の回復魔法は本当に役立つな」

こいつがいて良かったわ。

「殿下の魔法もすごいですよー。色んな魔法が使えるみたいですし」

「まあな。俺は全属性の魔法が使えるんだ」

すごいだろう？

「魔法のことは詳しくないですけど、すごいと思います。でも、なんで魔法を学ぼうと思ったんですか？」

「んー？　最初は叔母上の魔法を見たからだな。叔母上もかなりの優秀な魔術師だったんだ」

子供の時に見せてもらい、すごいと思った。そして、俺も使ってみたいと思ったんだ。懐かしい。

「へー……王家って何気に魔法を使える人が多いですね。亡き王妃様……殿下のお母様もですよね？」

「そうだな。まあ、あの人はウォルターの人だ。とはいえ、確かにウチの家系は意外と魔術師が多かったはずだな」

剣術や武術を推しているくせに意外といたはずだ。しかも、皆、結構すごい。そういう自慢めいた手記が残っている。もちろん、俺も書く予定。

「うーん……そんなに珍しくないならなんで廃嫡されたんですかね？」

知らんわ。

「さあな……それよりマリア、賊の言っていたことを聞いて、どう思った？」

「皆、最低です。賊の男はウィリアム伯を信じるべきですし、ウィリアム伯は賊の男と添い遂げるべきです。執事は地獄に堕ちろ」

これがエーデルタルトの貴族令嬢の意見。まあ、俺もそう思う。

「他国は良いところもあれば、悪いところもあるな」

良いところは魔術師が評価されているところ。悪いところはこんな感じで男女間の価値観が性に合わない。

「まあ、だから他国なんでしょうね」

「だな。ましてや敵国」

合わなくて当たり前。

「ですね。こんな国はさっさと出ましょう」

「ああ……さて、あっちはどうなったかね？」

「行きましょう。リーシャ様なら大丈夫だとは思いますが、心配です」

小屋の方に戻ると、まだ小屋が燃え続けている。ただ、リーシャとジャックが暇そうに待っていた。

「終わったか？」

リーシャに近づき、確認する。

「ええ。実に歯ごたえのない賊だったわ」

「まあ、空賊だしな。皆殺しか？」

「いえ、数人は村の方に逃げていったわ」

「ふーん……追わなくていいのか？」

俺はジャックを見る。

「追わなくていい。村に逃げてもどうしようもない。すでに領主の軍が村を包囲しているだろうからな」

ネイサンもそう言っていたし、そうだろうね。領主としてもハピ村を放置できない。賊に襲われたとか適当な理由をつけて夜襲により、処分。

「逃げた賊を追って村に行くと、巻き込まれるか……」

「だな。だから追撃はやめた。そっちはどうだった？」

ジャックが逆に聞いてくる。

「たいした相手ではなかった」

「そうか……」

ジャックはそれだけ言って何も聞いてこなかった。

「仕事は終わりで良いだろ？」

「そうだな。こんなところからはさっさとおさらばしよう。あとは領主の仕事だ」

「村には行かない方が良いし、森か？」

来た道を行けないし、森の中を通るしかない。

「そうなる。ついてこい」

ジャックがそう言って、森に入っていったので俺達も続く。今回もジャックが先頭となり、鉈《なた》で枝や草を切り払ってくれたため、楽に森を進むことができた。そして、村を迂回《うかい》するためにかなりの距離を歩く。時折、休憩を挟んだり、ゴブリンや狼などのモンスターを倒しながら進み、かなりの時間をかけて森を出た。森を出た時にはうっすらとだが、明るくなり始めていた。

「ああ……めっちゃ時間がかかったな。迂回しすぎだろ」

「しゃーないだろ。軍がいるんだからよ。見つかったら問答無用で攻撃されるに決まっている」

まあ、そうだろうな。領主も討ち漏らしは絶対に避けたいから徹底的に一掃するように命じているだろう。

「疲れたわ。お前が言うように寝れんかった」

昨日は早めに寝て良かった。

「ちっちゃい嬢ちゃんにヒールをかけてもらえ」

言われなくてもそうしてもらうわ。

俺達はマリアにヒールをかけてもらうと、再び歩き出した。疲れているし、眠いが、マリアのヒールのおかげと楽な平原を歩くだけなのでそこまで苦労もせずに歩けていた。

「お前は領主に報告か？」

「そうなる。俺は前払いじゃないし、もらうもんはもらわないとな。お前さん達はリリスには寄らないのか？」

「寄らない。絶対にロクなことにならんし」

間違いないだろう。

「賊の魔術師は領主の恋人だったか？」

さて、これはジャックの予想か、それともルイーズか……

「違うと言っておこう。恋人の復讐《ふくしゅう》なんかごめんだ。あの二流は絶対にやる」

これを報告したら絶対に刺客を送ってくる。

「そうか……バカな男だねー」

「そうでもない。愛おしければ愛おしいほど、信頼していれば信頼しているほど、裏切られた時に憎悪に変わる」

人の感情とはそういうものだ。

「お前さん達もか？」

「ありえないことを聞くな」

「そうよ。離縁は死ぬ以外にありえないわ」

リーシャがはっきりと言う。これは俺が離縁を申し込んだら俺を殺して自害するという意味だ。

別に離縁をする気もないが、殺さないでほしい。

「怖いねー……」

「ウチの国はこれが普通だ」

貴族だけだけどね。

「ホント、色んな国があるわ。まあ、だから旅は面白いんだがな」

「他にも変わった風習のある国があるのか？」

実を言うと、自分でもエーデルタルトは変わっているなと思っている。だって、重すぎだもん。

もっと楽に女を抱きたいわ。

「あるぞ。とある部族はお前さん達とは逆だ。たくさんの子孫を残すために男女共に色んな人間とヤる」

「それはそれですごいな……」

マジで考え方が理解できない。

「気持ち悪い……」

「ありえないです……」

リーシャとマリアが嫌悪感をあらわにする。気持ちはわかる。

「多分、その部族の女からすると、お前らが効率の悪いバカに見えるんだろうよ」

「絶対に友達になれないわね」

「仲良くなれるビジョンが浮かびません」

真逆だもんなー。

「くっくっく。だろうな……まあ、お前さん達はお前さん達の生き方をすればいい。でも、違う考え方の奴を極力、否定はするな。それが旅のやり方だ」

そうかもしれない。他国には他国の風習があり、考え方がある。それを安易に否定するのはトラブルの元だ。

「留意しよう」

「そうしな」

俺達はジャックからまたもや学んだのだった。

そのまま歩き続けていると、日が完全に昇った。朝の涼しさと太陽の組み合わせが気持ちいい。

ただ、寝てないせいで目がちょっと痛い。

俺は前を歩くジャックを見て、この辺りだなと思い、立ち止まる。俺が立ち止まったので当然、リーシャとマリアも立ち止まった。

「どうした？」

ジャックもまた、急に立ち止まった俺達を不審に思ったのか、立ち止まった。

「さて、ジャック、この辺でお別れといこう」

「ん？　次の町に行くんだろ？　リリスの町には寄らんだろうが、行く方向は一緒だろ。リリスの近くまでお守りをしてやるぞ」

Ａランクのお守りはありがたい。ありがたいが……

「いや、この辺でいい。ロクにモンスターも出ないし、仕事が終わったのならもういい」

「ふーん……お前さん達は本当にすごいな……」

ジャックが感心したようにつぶやく。

「マリア、わかるか？」

そういうことが詳しくないマリアに聞いてみる。

「さすがにわかります。ジャックさん、私達を殺す気ですよね？」

マリアがそう言うと、ジャックがニヤリと笑った。

「ははは。まあ、わかってしまうか」

ジャックは隠すことも誤魔化すこともしない。

「そりゃな。あの二流の考えそうなことだ」

ルイーズは今回の空賊の主犯を知っていた。そうなると、俺達に最悪の汚点がバレてしまうことはわかっていたはずだ。だったら処分する。軍を使わずに後ろから刺す方法で。

「ホント、二流だわな」

ジャックはそう言いながらニヤニヤと笑い続ける。

「一応、忠告しておくと、やめた方が良いぞ。俺の魔力が減っているとはいえ、まだ十分にやれるし、リーシャも余力は十分にある」

いくらAランクとはいえ、戦闘に特化した俺達に勝てるわけがない。

「ははっ。そりゃそうだ。無理無理。特に絶世の嬢ちゃんがやべーわ。一緒に空賊を狩ったが、容赦なさすぎ。バレた時点でやんねーよ……それにまあ、処分はお前達だけじゃないだろう」

ルイーズにとってみたらジャックも知られたくないことを知っている関係者か……

「さすがにAランクは処分されないんじゃないか？」

「普通はそうだ。ギルドから疑われるし、良いことなんかない。だが、あの二流はダメだろう。リスク管理がまるでできていない」

そんなことができていたらあの賊と恋仲にはならないか。しかも、重臣である執事は敵の間者。

「じゃあ、お前もリリスには戻らんのか？」

「いや、戻る。報酬をもらわなければならんからな。まあ、俺には俺のやり方がある」

ふーん……

「だったら俺達は空賊の飛空艇で逃げたって言ってくれ」

「ああ、それな。なんで逃げなかったんだ？　俺はてっきりそうするのかと思っていた」

普通ならどう考えてもそうする。

「それはルイーズもわかっている。だから多分、追跡用の飛空艇を用意しているだろうよ」

「ふーん……本当は？」

ジャックが目を細める。

「空はもう飽きた」

「怖いですー。墜落はもう嫌ですー」

不時着な……

「あー……お気の毒に。そりゃそうなるか。とすると、お前さん達、これからどうするんだ？」

「歩くしかない」

「きっついぞ、それ」

そんなもんはわかっている。だが、空はない。絶対にない。高いのも宙に浮くのも嫌だ。

「長旅は覚悟の上だ。だからお前やブレッドがありがたかった」

色んなことを教えてくれたし、相談にも乗ってくれた。

「恩は売っておくものだな。おかげで命拾いした」

こいつらは俺達を騙《だま》した。貴族は不敬を働いた者を許さない。だが、それ以上の功績がこいつらにはある。

「殺しはせん。お前が引退したら雇ってやると言っただろう」

「それ、マジなん？　俺、衛兵？」

「そうはならんな。お前に兵士は無理だ」

どう見ても兵士って感じではない。

「庭師でもいいぞ。得意だ」

鉈で伐採か？　さすがにない。

「いや、密偵でもやってもらう」

「……怖いねー」

ジャックから笑みが消えた。

「お前が得意とする分野はそれだろう？　お前がどこの国の密偵かは知らんが、もっと良い条件で雇ってやるぞ」

「くっくっく……先に言っておこう。エーデルタルトとは何の関係もない国だ。まあ、引退したらだな。実際、本を書き終えたら年齢的にもそっちの仕事も引退だ」

どこの国の密偵だろう？

「テールを調査中だったか？」

「ああ、そうだ。最初は王都にいたんだが、情報を集めていると、この地域が少し変だったんで調査しに来たらこんなくだらないことに巻き込まれた」

「くだらないか？」

「くだらない。二流の尻《しり》ぬぐいに本にも書けない賊狩り……さらには貴族共の争いだぞ」

確かにつまらんな。それにしても、やはりジャックもネイサンのことはわかっていたか。まあ、密偵なら当然か……

「ご愁傷様」

「まあ、でも、良い出会いがあった。引退後の仕事を見つけることもできたしな」

ジャックが笑う。

「良かったな」

「ああ。もし、この先、俺の力が必要ならギルドに伝言を残せ。それで伝わる」

「そんなこともできるのか？」

「できる。ギルドにはギルドのネットワークがあるからな。とはいえ、俺が別の仕事中だったらどうにもならんから確実とは言えんぞ」

まあ、そうだろう。こいつの仕事的には町にいないことの方が多そうだ。

「ふーん、まあ、何かあれば頼るわ」

「そうしろ。それと将来の主様《あるじ》のためにアドバイスだ。お前らはこの先、北の町に行く気だろう？」

わかるらしい。

「そうだな。贅沢《ぜいたく》がしたいわけではないが、田舎《いなか》は嫌だ」

「わがままだねー。じゃあ、俺からの具申だ。西のアムールに行け」

「アムール？」

西にそんな名前の町があった気もするが、そこまで大きな町ではなかったと思う。

「なんでだ？」

「そこは港町なんだよ。海がある。空路がダメなら海路を使って、さっさとこの国を脱出しろ。正直に言うが、お前らはこの先、絶対にバレる。どう見ても庶民じゃない」

はっきり言うな……しかし、海路か……大丈夫か？　俺、泳げないんだけど……

「国外への便があるのか?」

「アムールは国内の便しかない」

となると……今度はシージャックだな。

「まあ、この国ではお尋ね者になっても構わんか……」

「そういうことだ。適当な魔導船でも奪え」

魔導船は魔力で動く船のことだ。操作は飛空艇とほぼ一緒だから俺でも動かせる。

「わかった。そうする」

「ああ……じゃあ、この辺でお別れといこう。お前らのことは適当に誤魔化しておく。それと俺はこのまま道を進んでいくが、お前らは道から逸れてアムールに向かえ。このまま西へ向かうと賊を討伐し終えた騎兵隊に遭遇するぞ」

それもそうだな。戦闘はなるべく避けたいし、騎兵隊は勘弁だ。

「了解」

「じゃあな。お互い、また生きてたら会おう」

ジャックが手を上げた。

「大丈夫。俺もお前も死なん」

「はっはっは。そうだな。俺はまだお前から酒を奢《おご》ってもらっていないし、死ねんわ」

そういえば、そんなことも言ったな。

「今はないから今度な」

「期待しないで待っておくぜ」

俺達はこの場でジャックと別れ、道を逸《そ》れて、西に向かって歩き出した。

◆◇◆

俺は道を逸れて平原を歩く三人の後ろ姿を見つめている。大中小の三人の姿はもうかなり小さくなっていた。

「迷わず行きやがった……相変わらず、決断力に優れてるねー……絶世の嬢ちゃんはこえーし、ちっちゃい嬢ちゃんは取り入るのが上手《うま》い」

思わず、笑みがこぼれた。

「お前らは忘れているというか、認識すらしてなかったんだろうが、俺はお前らと会っているんだぜ？」

聞こえないのはわかっているが、遠くにいる三人に向けて言う。ロイド殿下が言うように俺は密偵だ。だからエーデルタルトに行った時も密偵の仕事をしていた。その時に商人に化けて、あいつらが通う貴族学校にも潜入したことがある。

「黒王子に下水令嬢にぶどう令嬢か……」

禁止された黒魔術をやっていると評判の王子、絶世の見た目と下水の性格と評判の公爵令嬢、王都の貴族学校には珍しい男爵令嬢。あの時から変わっている三人だとは思っていた。

「しかし、エーデルタルト王は何を考えているんだろうか？」

あの王子が廃嫡？　あれは洞察力も決断力もある。何が不満なんだ？　弟のイアン殿下とも接触したが、特別優秀とは感じなかった。

「再就職のために調べてみるか……」

放火の件も気になるし、次はエーデルタルトに行くかね。

「まあ、その前にっと……」

俺は後方から近づいてくる騎兵隊を見つめる。

「将来の主のために働かなくてはな！」

背中のカバンから槍《やり》を取り出した。かつて、ドラゴンをも倒した槍だ。

「殿下が言うようにあの女は本当に二流だ。ドラゴンスレイヤーであるAランク冒険者をたったあれだけの兵で討てると思っているんだからな」

俺は本当につまらない仕事を受けたなーと思いながら騎兵隊に向かって歩いていった。

エピローグ

俺達は地図と方位磁針を見ながらアムールを目指し、道なき平原を歩いていた。

「殿下、ジャックさんが密偵ってよくわかりましたね。なんでわかったんですか？」

歩いていると、マリアが聞いてくる。

「ハピ村に行った時に村を観察していたからな」

「そうなんです？」

「ああ。俺達が観察するのは当然だ。初めて行くところだからな。でも、あいつがあの村に来たのは初めてじゃない。それなのに必要以上に観察していた」

「一回、二回来ただけかもしれませんよ？」

その可能性もある。

「あいつさ、武器屋と防具屋の場所を知ってただろ。ほぼ民家なのに」

看板すらなかったのに。

「それこそ行ったことあるんじゃないですか？」

「いや、ない。その証拠にあいつはあの店が扱う商品を知らなかった」

俺達と行った時に盗品だと気付いたと言っていた。つまり、あいつはあの店に行ったことはない。

なのに場所は知っている。調べたんだ。

「な、なるほどー……」

「それとな、あいつって絶対にお前らに話しかけなかっただろ」

話す時はいつも俺とだった。それに俺とマリアが賊を倒して戻ってきた時も必要以上にリーシャと距離を取っていた。

「そうですね。確かに私達が話しかけない限り、声をかけてくることはありませんでした」

「あいつ、エーデルタルトに来たことがあると言ってたが、確実に密偵の仕事だ。俺達王侯貴族のマナーを知ってやがる」

夫婦と話す場合、男は夫と話すし、女は妻と話す。必要なことがない限り、逆はない。これがエーデルタルトにおける王侯貴族のマナーだ。他国の冒険者が知っているわけがない。

「へー……じゃあ、実は会ったことがあるかもしれませんね」

「いや、それはないだろう。見たことないし」

「あなた、他人の顔も名前も覚えないじゃないの……」

リーシャが呆《あき》れる。

「まあ……」

興味ないし。

「リーシャ様は覚えていますか？」

「いや、覚えてないわね。さすがにそこまでは近づいてないんじゃない？」

「ですかー……まあ、御二人レベルになると、警護も厳重ですしね。それにしても、そこまでわかってよく信用しましたね？　殿下なら生かしておかないと思いましたよ。それなのに密偵として雇うなんて……」

まあ、普通は殺す。他国出身の密偵なんて信用できない。

「伝説の冒険者だぜ？　『ヤッホイ冒険記』のラストを読みたいわ」

「まあ、確かに面白かったですね。でも、それだけで？」

弱いわな。

「あいつが敵じゃないことはわかっていた。俺も魔法を研究したり、作ったりするが、やはり他人に認められるのは嬉《うれ》しい。あいつも同じさ。自分が書いた本を子供達に読んでほしい。それがあいつの根源にあるものだ。文字すら書けなかった男が努力してまで書いた本だからな。実際、読者だった俺達に優しかっただろう？」

至れり尽くせりだった。

「それだけですか？」

「それが大事だ。それが俺にはよくわかる。エーデルタルトではだーれも、俺の魔法を認めなかったからな」

こんなにもすごいのに……

「殿下はすごいと思います！　魔法のことには詳しくないですが、それでもわかります！」

マリアは力強く頷《うなず》く。

「そうか……」

可愛《かわい》い奴だ。

「私は認めていたわよ？」

リーシャが嫉妬《しっと》を込めた目で見てくる。

「それをもっと出せ。俺を褒めろ」

「ロイド……あなたは優秀よ。剣術はゴミだけど、魔法は本当に素晴らしいわ。私は弱い男が嫌い。でも、あなたは強く、賢い。あなたに選ばれたことがこのリーシャ・スミュールの誇りです」

褒めすぎ。あと、ゴミは言いすぎ。

「そうか……」

「ひゅー、顔があかーい」

マリアのこういうところは嫌いだな。

「さて、さっさとこの国を脱出して、ウォルターに行こう」

うん、早く行こう。さっさとウォルターで自堕落な魔法の研究三昧《ざんまい》生活を送ろう。

「褒めろって言うから褒めたけど、あなたって褒めると目を合わせてくれなくなるじゃない……」

「ふふっ、照れ屋さんなんですよ」

あー、うぜ。

俺は歩くスピードを速めて平原を歩いていく。

「アムールでは事件が起きないといいなー……」

そうつぶやきながらリーシャを見て、マリアを見る。

マリアを見る…………事件が起きないといいなー……

あとがき

お初の方ははじめまして。そうじゃない方はお世話になっております。出雲大吉《いずもだいきち》です。

この度は『廃嫡王子の華麗なる逃亡劇～手段を選ばない最強クズ魔術師は自堕落に生きたい～』を手に取って頂き、誠にありがとうございます。

私はこれまでいくつもの小説を執筆し、中には書籍化した作品もありましたが、本書は特に思い入れがあり、世に出せることを大変喜ばしく思っております。

私は小説を書くようになるまであまりこちらの世界には縁がなく、趣味も漫画を読んだり、ゲームをしたりする程度でした。ですが、とある漫画を読み、原作がｗｅｂで読めると知りました。そのサイトが『小説家になろう』と『カクヨム』です。

私は数年間、これらのサイトで小説を読み込んできましたが、徐々に自分が読みたい小説というものが浮かび上がってきました。ですが、その自分が読みたい小説はどこを探してもありません。当然です。それは自分の頭の中にしか存在しないのですから。それで一念発起してそれを具現化してみようと思い、書き始めたのが作家としての始まりです。

それからいくつかの作品を書いていたのですが、ずっと頭の中にこういう作品を書きたいという思いがありました。それが本作です。

作品名はあえて挙げませんが、私が小学生の時に初めて読んだライトノベルがあります。自由奔放な極悪主人公が旅をするという作品なのですが、それが私の小説との出会いであり、原点です。私は小説を書き始めてからずっとこんな感じの作品を書きたいと思っていました。それが本書であり、そのような思い入れがある作品を世に出せたこと、そして、その作品を手に取って頂けたことをとても嬉《うれ》しく感じております。

また、書籍化する際に嬉しいことはやはり絵が付くことです。読者の皆様にはキャラクターのイメージを持ってもらいやすく、私にとっては私の頭の中にしかないキャラクターを生みだしてくれます。

本書のイラストレーターを担当してくれたのはゆのひと（@yunohi_to）さんです。数々の作品のイラストレーターを務めている実力のある御方なので安心してお任せすることができました。ロイド、リーシャ、マリアの三人が主要な登場人物なのですが、それぞれの個性が表現されており、本書の魅力を何倍にも引き上げてくれたと思っています。本文だけでなく、イラストの方にも注目して頂けると幸いです。

そんなイラストレーターのゆのひとさんを始め、本書の刊行に携わってくれた皆様に感謝致します。

また、ｗｅｂで応援してくれた読者の皆様、そして何より、本書を手に取ってくださった皆様に御礼を申し上げます。これからもよろしくお願い致します。

それではまたどこかでお会いしましょう。

お便りはこちらまで

〒102－8177
カドカワBOOKS編集部　気付
出雲大吉（様）宛
ゆのひと（様）宛

カドカワBOOKS

廃嫡王子《はいちやくおうじ》の華麗《かれい》なる逃亡劇《とうぼうげき》
～手段《しゆだん》を選《えら》ばない最強《さいきよう》クズ魔術師《まじゆつし》は自堕落《じだらく》に生《い》きたい～

2024年3月10日　初版発行

著者／出雲大吉《いずもだいきち》

発行者／山下直久

発行／株式会社KADOKAWA

〒102-8177
東京都千代田区富士見2-13-3
電話／0570-002-301（ナビダイヤル）

編集／カドカワBOOKS編集部

印刷所／大日本印刷

製本所／大日本印刷

ISBN 978-4-04-075346-1 C0093

新文芸宣言

かつて「知」と「美」は特権階級の所有物でした。

15世紀、グーテンベルクが発明した活版印刷技術は、特権階級から「知」と「美」を解放し、ルネサンスや宗教改革を導きました。市民革命や産業革命も、大衆に「知」と「美」が広まらなければ起こりえませんでした。人間は、本を読むことにより、自由と平等を獲得していったのです。

21世紀、インターネット技術により、第二の「知」と「美」の解放が起こりました。一部の選ばれた才能を持つ者だけが文章や絵、映像を発表できる時代は終わり、誰もがネット上で自己表現を出来る時代がやってきました。

UGC（ユーザージェネレイテッドコンテンツ）の波は、今世界を席巻しています。UGCから生まれた小説は、一般大衆からの批評を取り込みながら内容を充実させて行きます。受け手と送り手の情報の交換によって、UGCは量的な評価を獲得し、爆発的にその数を増やしているのです。

こうしたUGCから生まれた小説群を、私たちは「新文芸」と名付けました。

新文芸は、インターネットによる新しい「知」と「美」の形です。

2015年10月10日

井上伸一郎